マドンナメイト文庫

# 倒錯の淫夢 あるいは黒い誘惑

北原童夢

# 目次

contents

# 倒錯の淫夢　あるいは黒い誘惑

# 第一話　天使の手首、または自虐と陶酔の儀式

## 1

新宿《しんじゅく》コマ劇場《げきじょう》前の広場の植え込みに、さゆりらしき少女が腰をおろして頬づえをついていた。ダサい白の長袖のブラウスをネオンの光に浮かび上がらせて。

携帯電話のインターネット接続モードの掲示板に「誕生日なの　大切にして」という書き込みを見つけて俺は返事を送った。それから、数回メールのやりとりをして、会う場所を決めたのだった。

余りのダサさにかえって警戒した俺が遠巻きに見守っていると、女はあくびをした。ショートボブの黒髪が揺れて、顔が見えた。

ドキッとするほどの美形だった。遠目からも、人形みたいに目鼻だちが整っていることがわかった。高校生だろうか？

やがて、少女はガキのように足を交互にバタバタしはじめた。膝上のスカートから突き出た白いソックスの足が揺れていた。ゲームセンターや映画館が集まるその界隈で、女は余りにも無防備だった。

俺はいささか時代錯誤的な「天使」を救いだすために、女に近づいた。

「さゆりさん？」

女が使っていたハンドルネームで呼びかけた。

女は小首を右にかしげて、俺のことを見た。そのあどけない仕種《しぐさ》に、自分の邪悪な部分を見られている気がして、少したじろいだ。

女の視線が俺の左耳に移った。俺は左耳の軟骨や耳たぶに八個のピアスをしている。これがいやで、俺の半径二メートル以内には近づかない女もいる。

女はたっぷりと時間をかけて俺を吟味した。「はい」と答えて立ち上がった。どうやら彼女のお眼鏡に適《かな》ったらしい。

俺の左腕にしがみつくように身体を寄せてくる。こぶりの乳房の感触が腕に伝わった。妙になれなれしい女だと思った。しかし、頼られているようで悪い気はしない。

ファザコンかもしれない。ファザコンの女のなかには、こういう女がいる。

女は背が低かった。百八十センチある俺の肩ほどまでしかない。

「どうする？　これから」

歩きながら、俺は買物とかにつきあわされることを覚悟して聞いた。セックスフレンドのユキとは二カ月前に別れていた。インテリア工事会社でアルバイトをしている身としては懐が痛いが、しょうがない。多少の散財は覚悟の上だった。

さゆりは俺の耳元で言った。

「あなたのおうちに、行きたい」

うン？　と、少女を見返した。援交で、男のうちに行きたいという女はまずいない。なんだ、この女という気持ちが顔に出たのだろう。

さゆりは急に立ち止まって、俺の手を振り払った。さっきまでとは一転して、捨てられた猫みたいな顔でじりじりとあとじさった。ここで逃げられては今までの苦労が水の泡だ。

「悪かったよ。いいよ、うちに来いよ」

とっさに言った。さゆりはまだ不審げな顔で俺を見ていた。さっきまでのあどけなさが、刺《とげ》のある表情に変わっていた。

「悪かったよ」

もう一度言って肩を抱きよせた。驚いたことに、さゆりは震えていた。俺は今度は言い方を変えた。

「うちに来てくれるよな。ちんけなアパートだけど、いいか？」

「うん、いいよ」

さゆりが明るく言った。小学生みたいに。

妙な女だなと訝《いぶか》りつつも、俺はさゆりの万華鏡みたいにくるくる変わる表情に惹きつけられていった。

2

その夜、さゆりとの長い性交を終えて、俺はベッドで寝煙草を吸っていた。けっこうハードなセックスだったので疲れたのか、さゆりは静かに目を閉じていた。眉の上で一直線に切り揃《そろ》えられた前髪が少しはねて、額がのぞいていた。そのせいか、よけい幼く見えた。

色白の裸身は痩せ気味で胸も大きいとはいえなかった。だが、バストトップの上がった西洋梨みたいにしゃくれあがった乳房は、少女期から大人へと向かう途中の危うさを思わせて、妙にエロかった。

尖った腰骨からゆるやかな下腹のふくらみが続き、こんもりと高くなった恥毛の淡い林がひめやかに濡れている。

視線を感じたのか、さゆりが恥ずかしそうにすり寄ってきた。

俺の左耳に付いた八個のピアスをいじりだした。子供が玩具でも悪戯《いたずら》するように。「よせよ」と言っても聞かずに、耳たぶのラージ・イヤ・ホトルに指を通したりして遊んでいる。俺の耳たぶには直径二十ミリの穴が空いている。最初は六ゲージの穴だったのを一年間かけて慎重に拡張した結果だった。

今は二十ミリの穴に筒状の金属のアイレットを入れて、そこに円形のビーズリングを入れて楽しんだりしている。

普通、女は「どうしてこういうことをするの」とか、「どうやってするの？」とか口煩《くちうるさ》く聞いてくる。そんなこと聞かれても困る。夜中に喉が渇けば起きて水を飲むだろう。それと同じで、たいした理由などないのだ。

そのてん、さゆりはそういう鬱陶しいことを一切聞かなかった。それもあって、俺は好きなようにやらせていた。

だが途中から、少しおかしいと気づいた。彼女は右手の人さし指から中指、薬指と代わるがわるにホールに入れて楽しんでいたのだが、それがいつまでたってもやまない。それどころか、その繰り返しがどんどん速くなっていく。限りない反復運動。

さゆりを見ると、大きく見開かれた瞳孔が少し真ん中に寄っていた。自分で止めようとしても止まらなくなっているんじゃないかって気がした。ブレーキの利かなくなった暴走機関車みたいに。

俺はさゆりの右手をつかんで耳から引き離してやった。さゆりはハッとして俺を見た。見開かれた目が何かに怯《おび》えていた。

この女……？

疑惑が脳裏に芽生えた。いったんそう思うと、もう駄目だった。

「そろそろ、終電がなくなるけど、いいのか？」

暗に帰宅を勧めると、さゆりはむすっとして口を尖らせた。それから、上体で覆いかぶさるようにして俺を見おろした。眉根を寄せてやけに真剣な顔をする。それから、クスッと笑った。何がおかしいのかと訝っていると、唇がせまってきた。

さゆりは自分から舌を入れて、俺の舌をもてあそんだ。さっきとは打って変わった好色な接吻だった。

柔らかなマシュマロみたいな唇に俺は負けた。

さゆりはキスをやめると、俺の顔面に舌を這わせた。それから、俺の耳をリングごと舐めた。犬が飼い主に甘えるみたいに鼻を擦《こす》りつけ、舌を一杯に出して。

そう、ほんとうにさゆりは犬みたいだった。耳を唾まみれにすると、次は首から胸にかけて舌を這わせた。同じ箇所を下から上へと何度も顔を振って、親犬が子犬を舐めるみたいに。

さらには、俺のニップル・ピアスを例の調子でぺろぺろやった。

耳の下で鋭角に切り揃えられたボブの黒髪が揺れているのを見て、俺は何か感動的なものを覚えた。だが同時に、見てはいけないものを見ているような気がした。この女が抱えている暗い本能のようなものを。

さゆりはぎこちない仕種で、俺の腹に跨がった。勃起に指を添えて導くと、腰を後ろに引くようにした。「ううン」とくぐもった声を吐いて、背中を弓なりに反らせた。

温められたゼリー状のものに包まれて、俺は唸っていた。たとえ外見上は少女でも、女はみな同じものを持っているのだ。

この癒しの泉がなかったら、この殺伐とした現実世界を生き抜いていくことはできない。

さゆりは何かに衝《つ》き動かされているみたいに細い腰を揺すりつづけた。

俺はその蕩《とろ》けた粘膜の魅力に負けた。先ほど感じた違和感のようなものが頭から消え、かわりに、のっぴきならない快美感の渦に巻き込まれた。

股ぐらに乗っかったさゆりは、ベッドに置いた俺の腕を上から押さえつけるようにして前かがみになり、腰を引いたり、突き出したりして、クリトリスを擦りつけ、俺のシンボルを潤みきった粘膜で包み込んだ。

「あッ、あッ、あッ」

高い声をスタッカートさせて、上体をのけ反らせる。

強くつかめば壊れてしまいそうな少女が、こんな生々しい女の声を出すことが不思議だった。

俺のなかには、少女はセックスしない聖的なものというイメージがあった。それでよけいに、この華奢な少女が女顔負けの痴態を示すことが、新鮮だったに違いない。

俺は腹筋運動のように上体を持ちあげて、座位の形にとった。両手でつかめそうなほどに細くくびれたウエストの後ろに手をまわして、腰を引きつけた。

目の前で、洋梨みたいにいやらしい形をした乳房が揺れていた。

さゆりの裸身は病的なほどに色が白かった。なかでも、ふたつの乳房はうっすらと静脈の枝が透けるほどに乳肌が薄く張りつめていた。

上を向いた小さな乳首に齧《かじ》りついた。生意気にも肉の突起は硬くなっていた。せりだした乳首を吸い、舌で転がすと、さゆりはなまめかしく喘いで、腰を揺すった。

両手を俺の首の後ろにまわし、ギュッと抱きついてくる。下半身のもやもやを感じて、下から突きあげた。すると、さゆりは「うン」と声を洩らして、上体を後ろに反らせた。俺の首に両手でぶらさがるような格好で、腰を前後に動かした。

この女はセックスが好きなのだと思った。少女人形のように幼く、整った顔をしているのに、中身は正真正銘の女なのだ。

猛烈な射精感に襲われた俺は、のしかかるようにして、さゆりを組み伏した。上になり、さゆりの足首をつかんで足を開かせた。俺はサド的な気持ちになっていた。白い足をV字にひろげておいて、ペニスを突き刺した。

さゆりは泣いているようだった。ショートボブのさらさらした黒髪が乱れ、目鼻立ちの整った天性の美貌が、くしゃくしゃにゆがんでいた。

思い切りピストン運動すると、全体に肉が薄いためか、ほの白い下腹部が勃起の形に盛りあがって、それが俺のなかのサディズムを刺激した。さゆりは小さな胸のふくらみを揺らせ、すすり泣いていた。

ふと、この女にとって、セックスは苦痛の領域に入ることなのかもと思った。

だが、それはそれでいい。性には様々な楽しみ方があって然《しか》るべきだ。俺がときたま、ラビア・ピアスをした女とヘンタイ的なセックスを楽しむように。

眉根を寄せて連続的に声をあげている少女を見ながら、俺は際限ない抽送運動を繰り返した。

3

いつの間にか、さゆりは俺の部屋に居ついていた。

俺は小さい頃に飼った捨て猫のことを思い出していた。あるとき、雨にそぼ濡れた猫が家の前にいた。可哀相になって残り物を与えた。三毛猫は夜になると外で鳴いた。

「入れてよ、入れてよ」

俺にはそう聞こえた。根負けしてその牝猫を飼うようになった。

「マリリン」と名付けられたその三毛猫は、何匹もの子供を産みながら、俺の家に居候した。ふいに失踪して姿を消すまでの数年間、俺のベッドに潜りこんできては柔らかな毛を擦りつけてきた。さゆりはその牝猫に似ていた。

だが、実際のところ、俺はさゆりのことを何ひとつ知っちゃいなかった。年齢もはっきりしないし、高校生であるのか専門学校の生徒なのか、プーなのかもわからなかった。不思議なのは、さゆりが身分を証明するものを何ひとつ持っていないことだった。

財布には万札が十枚ほど。後は数枚のレシート。服や下着を買ったものがほとんどだったが、そのうちの一枚は新宿の安売りで有名な電気屋が発行したもので、どうやらプリペイド式の携帯電話を買ったときのものらしかった。日付は俺がさゆりと会ったその日になっていた。

今流行《はや》りのプチ家出かとも思った。冷静に考えればかなりヤバい女だった。だが俺はさゆりが部屋にいることを許していた。

俺はクーラーの壊れた狭い部屋で、汗だくになって女のよくしなる身体を抱いた。ねっとりとまとわりついてくる肉襞を飽きることなく貫きつづけた。さゆりは苦しそうに顔をゆがめながらも、何度も俺を求めた。

俺はいつしか、さゆりの少女の肉体にからめとられていたのかもしれない。

残暑が和らいだその日、俺は内装工事の親方に誘われて居酒屋で飲んだ。それから部屋に戻った。

1DKの半分を占めるベッドに、さゆりらしきヒトガタが背中を壁にもたせかけ、足を投げ出すように座っていた。

前衛アーチストが作るオブジェみたいだった。なぜなら、素っ裸の女体に透明なラップみたいなものが巻きつけられていたからだ。

隙間なく幾重にも巻かれた透明の膜から、肌色の肉が奇妙な具合に軋《きし》んで透けだしていた。おまけにそれは顔面にも巻かれていて、乱れたオカッパの黒髪がはみ出していた。

一瞬、誰かに襲われたのかと思った。だが、鍵はかかっていたし部屋が荒らされている様子もない。

ベッドに転がっている筒を見て、それがクッキング用のポリエチレンのラップだということがわかった。どう考えても、さゆりが自分の身体をラッピングしたとしか思いようがなかった。

近づくと、顔面に巻かれたラップから、鼻がひしゃげた化け物みたいにゆがんださゆりの顔が透けて見えた。ムンクの「叫び」みたいに口をOの字に開けている。そして、掃除機が吸引するときのような音とともに、一杯にひろがった口許《くちもと》のラップが口のなかに吸い込まれていた。

そのとき、さゆりが苦しげに首のあたりを掻きむしった。その腕にもラップが巻かれている。断末魔みたいに横隔膜が痙攣しているのを見て、ヤバいと感じた。とっさに顔面のラップを毟《むし》りとった。

カサカサと寄り集まったラップの残骸は、俺の手のなかで塩をかけられたナメクジみたいに縮こまった。

さゆりは猛暑のなかの犬みたいに短い呼吸を何度も繰り返した。腕がだらんと下がっている。視線を移した。ラップに包まれた左手首のあたりが赤く染まっていた。密着した透明素材と肌の間に赤いものが溜まり、それは手首のラップの切れ目からてのひらにかけて、一筋の赤い流れを作っていた。

リストカット……？

いやな感じがして、俺は周囲を見まわした。枕元に黄色の小型カッターナイフが捨てられていた。

俺はピアッシングで傷や血には慣れているはずだったが、それでもパニックを起こしかけた。落ちつけと言い聞かせて、左手のラッピングを外した。出血はもう止まっていた。

手首を横に三センチほど切ってある。だが傷は浅く、傷口はふさがっていた。ラップが止血の役割を果たしたのだろう。縫うほどのものではない。

しかし……俺はさゆりの細い手首の内側に四本の白い傷痕がうっすらと走っているのを見つけた。

なんてことだ。この女はリスカの常習なのだ。何度も寝たのに、手首の傷に気づかなかった自分が迂闊《うかつ》だった。きっと傷痕がじっくり見ないとわからないほどに消えかけていたからだろう。

途端に陰鬱な気持ちになった。

だいぶ前に俺にもリスカ常習犯の友人がいた。そいつはまったく手に負えなかった。ちょっと安心していると、ザックリやる。その癖、本人は案外ケロッとしている。俺はそいつに振り回されるのがいやになって、縁を切った。自傷癖のある者は手に負えない。そして、さゆりも。

リスカだけでなく、自分の身体をラッピングして窒息しようなんて。そんな愚行をする人間が俺には信じられない。

「どうして、こんなことやったんだ?」

さゆりに聞いていた。こんなこと聞いても、仕方ないと思いながらも、尋ねずにはいられなかった。

「……わからない」

「俺、お前に何かしたか？」

さゆりは押し黙った。たぶん、今夜俺の帰りが遅かったとか、最近忙しくて余り言葉をかけてやれなかったとか、現実への乖離《かいり》感とか、鬱期だとかいろいろあったのだろう。

だが本人には自傷の原因は自覚できてないはずだ。それがはっきりわかっていれば、こんな馬鹿げたことはしない。

きっと俺はいやな顔をしていたのだろう。さゆりが顔をあげて言った。

「嫌いにならないでね。さゆりのこと、嫌いにならないでね」

「……ああ、わかってるよ」

俺はベッドにあがり、さゆりを抱きしめた。

「嫌いにならないで、嫌わないで。タカシのこと好きだから」

さゆりは同じ言葉を繰り返して、俺を抱きしめた。女の子とは思えないすごい力だった。

「わかってるって。ただ、こういうことはもう二度とするな。わかってるよな」

さゆりはこくんと頷《うなず》いた。それから、ベッドに仰向けになった。俺を誘うように。

正直言って俺は興奮した。

尖った腰骨と股の間の翳《かげ》りが目に飛び込んでくる。臍《へそ》から上をラッピングされた肉体は奇妙な具合に圧迫されて、どこかボンレスハムを思わせた。バストも偏平になるほどきつく巻かれていて、透けだしたふくらみと色づいた乳首がラップに張りついていた。

俺は、キッチンから持ち出したラップを裸身に巻きつけているさゆりの姿を想い、その病的な光景に心が軋んだ。シュールにゆがみながらも発情していた。

俺は素っ裸になって、さゆりの乳房を鷲づかんだ。薄いポリエチレンがぴたりと張りついた乳肌はじかに触れるよりなめらかだった。

薄い膜から透ける乳肌を見ていると、さゆりの視野にもいつもこうやってラップがかかっているんじゃないかと思った。この薄い皮膜がさゆりを現実から護《まも》り、さゆりという人格を成り立たせているのだと。

暴力的な衝動に駆られて、ラップを引き破った。てのひらにおさまりそうな乳房がじかに現実に触れた。薄い皮膚が張りつめた乳肌はしっとりと汗ばみ、ピンクの乳首が痛ましく勃《た》っていた。

儀式だ。これは、さゆりを再生させるための儀式だ。俺はそう言い聞かせて、身体中のラップを引き剝がした。

するとさゆりは、夢のなかから無理やり引きずり出された胎児のように丸くなった。顎の下でかるく拳を握って両手を胸前に引き寄せている。

俺はその左腕をつかんだ。生々しい傷痕の残る華奢な手首を舐めてやった。動物が傷口を舐めて治すみたいに。

さゆりが言った。

「いいよ、そんなことしなくてもいいよ」

俺は無視して傷口をしゃぶり続けた。

横に伸びた赤い傷口はすでにふさがっていたが、丹念に舌を這わせると、周囲のこびりついていた凝固した血が取れて、俺の口に移った。鉄錆の味がした。

さゆりは右手の人さし指を嚙んで、何かをこらえていた。腰が微妙にうねっているのを発見して、欲望の滾《たぎ》りを抑えられなくなった。

柔らかな繊毛の張りついたヴァギナをさぐった。潤みきった粘膜が指先を湿らせた。

さゆりの両方の膝を曲げたまま、腹に押しつけた。釉薬《ゆうやく》をたっぷり塗った陶器のような光沢を放つ太腿の裏側がエロかった。そして、その奥にはこぶりの小陰唇が充血してひろがり、内部の鮮やかな血の色を覗かせていた。

「……して」

さゆりが俺を見あげた。目尻がスッと切れあがった目が、魔性の女のように俺を誘っていた。

俺は太古の海に繋《つな》がる肉孔を貫いた。さゆりが生臭い声を洩らして、しがみついてきた。

4

そのことがあってから、俺はさゆりにピアスを入れてやることにした。そう度々リストカットされたり、ラップでの窒息プレイに興じられても困る。第一ラップで窒息死なんてのは洒落《しゃれ》にならない。

自傷行為を自分の肉体に孔《あな》を開けて飾ることに置き換える。笑ってしまうほどに単純な発想だった。だが、やらないよりはましだった。

まずはイヤーリングから始めた。俺は自前のピアッシング・ニードルを使って、イヤーブローに十二ゲージ、つまり二ミリの太さのビーズリングを吊るしてやった。さゆりの耳たぶは福耳というやつで、厚さが六ミリあったので苦労した。右と左の耳たぶにして、刺環の方法を教えた。

さゆりは怯えていたが、やってしまうと、鏡に左右のステンレス製の耳飾りを映して、様々な角度から見ては喜んでいた。

一週間後、俺が仕事から帰ると、さゆりの耳のピアスが増えていた。耳たぶのちょっと上に十二ゲージの小さなリングが付いていた。自分でやったのかと聞くと、そうだと言う。

「初めてにしては、上出来だよ」

褒めると、さゆりは嬉しそうな顔をした。これなら上手くいくかもしれないと思った。だがそれは甘かった。

恐れていたことが起きた。さゆりのピアスが加速度的に増えていった。さゆりは研究熱心な上に手先が器用だった。左の外耳の軟骨には三つ小さなリングが並んだ。さらにはトラガス、コンクとさゆりの耳は様々なピアスで埋め尽くされていった。

強迫観念に囚われているような反復行為をヤバいと感じて、俺はピアッシング用具を隠した。

すると、さゆりはまた手首を切った。いくらカッターを隠しても、近くのコンビニに出かけて自分で買ってくるのだからどうしようもない。

仕方なく俺は隠しておいたピアッシング・セットを出した。次の日、俺はベッドのなかでさゆりを見て驚いた。左右の乳首に十四ゲージの細いリングが吊られていた。

「これで、タカシと一緒ね」

瞳を輝かせて言うさゆりに、俺は「ああ、そうだな」と相槌《あいづち》を打った。

だって、そうするしかないだろ？

さゆりの少女っぽい肉体は見るまにサージカルステンレスやオピウムで埋め尽くされていった。乳首には縦に貫くヴァーティカル・ニップルの棒状ピアスが加わり、何かの記号みたいに装飾された。小陰唇にも二つずつのリングが吊られた。

さゆりが俺の部屋に居ついてから、三カ月が経過していた。残暑が去り、秋の風が吹きはじめた頃、俺はフェティッシュ・パーティに参加することになった。

ピアス仲間に誘われて断われなかったのだ。さゆりは置いていこうと思った。だが、俺がパーティに出ることを知ると、さゆりはどうしても行くと言って聞かない。火薬庫みたいなさゆりを連れていくのは危険だった。だがその反面、俺のなかにはさゆりを自慢したいという気持ちがあった。

それはそうだろ？　さゆりはほんとうに綺麗なのだから。いや、綺麗になったと言うべきか。さゆりは俺の精液を糧にして成長していくみたいだ。それも並みじゃない、浮き世離れした美しさなのだ。俺はひそかに「自傷の天使」という呼び名をつけていたくらいだ。

パーティ用にさゆりに安物のポリ塩化ビニル《PVC》のミニドレスを買い与えた。コーディネイトすれば魅力的になるのはわかっていた。だが、余り目立ちすぎても困る。パーティには鵜《う》の目鷹《たか》の目で女漁《あさ》りに来ている奴らがわんさといるのだから。

それでも当日、俺たちが会場になっている六本木《ろっぽんぎ》のクラブに入ってしばらくすると、目敏《めざと》い男どもがさゆり目当てに集まってきた。

さゆりは今夜は機嫌がいいらしく、少女の媚《こび》をふりまいていた。例のちょっと小首をかしげたポーズで男たちを見る。時にはこっちが心配になるほどになれなれしい態度で、男のピアスに触れたりする。もともと美少女であるだけに、そのあどけなさを装った媚は男たちを悩殺するには充分すぎたに違いない。

それでも、さゆりは俺の腕につかまっていることが多かったので、俺は安心していた。その気の弛《ゆる》みがいけなかった。

俺はトイレに行った帰りに、知り合いの女に会って話しこんだ。ラバーの颯爽《さっそう》としたロング・ドレスを身につけた彼女はSMクラブの女王様で、一度、俺のことをホームページで紹介してくれたことがあった。

彼女に「クラブのM女でボディ・ピアスに興味を持っている子がいるの。ピアスを入れてくれないかしら」と頼まれて、俺はそういうことはしない主義だからと断わった。執拗《しつよう》に依頼してくるドミナを説得するのに手間取った。

席に戻ると、そこにはすでにさゆりの姿はなかった。

「あの子、Tと一緒に出ていったぜ。ちょっと前だから、追えばつかまるんじゃないか」

ブラックタトゥーで皮膚をゼブラ化した仲間に言われて、俺はあわててクラブを出た。だが、すでに二人の姿はなかった。そこら中を駆け回ったが、二人はいなかった。たぶん、タクシーを拾ったのだろう。

目の前が真っ暗になった。Tは紳士面をしているが、かなり評判の悪いサディストだった。フェティシストの社交場を狩猟場としか考えていない男なのだ。

どういうことだよ、なんでさゆりがあんな奴と行っちまったんだ。

なんで……？

その晩部屋に帰って、俺はひたすらさゆりを待った。一睡もできなかった。だが、その夜、さゆりは戻ってこなかった。

# 5

　さゆりが戻ってきたのは、それから二日後だった。仕事から帰ってくると、さゆりがまたあの奇妙な格好でベッドに寝ていた。

　全身をラッピングして胎児のように丸くなった背中に、紫っぽい痕が数えきれないほどに斜めに走っていた。

　俺は余りの痛ましさに最初は正視できなかった。透明なポリエチレンを通しても、肌に蚯蚓《みみず》腫《ば》れが浮き出ているのが見えた。それは背中だけでなく、脇腹やヒップにもまわっていた。そして、両手首にも紫色の縄の痕がついている。

　Tののっぺりした顔が脳裏に浮かんだ。

　あの野郎、やりたい放題やりやがって！

「Tにやられたんだな、Tに！」

　頭に血が昇って、さゆりの肩を揺すった。すると、さゆりが顔をこちらに向けた。ハッとした。その目がやけに幼かったからだ。

　もう一度聞くと、さゆりは言った。

「あのおじさん、ひどいひとだったの。あたしをなんどもむちでぶったの。いやだっていったのに、ぶったの。あたし、しんじゃうかとおもった」

ちょっとおかしかった。言い方が子供みたいだった。

「大丈夫か、おい？」

俺は心配になって聞いた。

「さゆりちゃん、くたびれちゃったの。ねむいの。おひるねしていい？」

幼児みたいな喋《しゃべ》り方だった。

幼児退行……？

俺はちょっと考えてから言った。

「ああ、眠っていいよ。だけど、それは取ったほうがいいんじゃないかな」

俺は肌に吸いついている透明ラップを指した。

「いいの。これ、とっちゃダメなの」

無理やり剝がそうとすると、さゆりは俺を突き放した。すごい力だった。

「ダメ、ダメなの」

「そうか、わかったよ。じゃ、それは取らなくていいよ。眠っていいよ」

「わかった……さゆりちゃん、ほんとにおねむなの」

さゆりはかわいらしくあくびをした。それから、目を閉じた。すぐに規則的な寝息が聞こえてきた。

ひたすら眠り続けるさゆりを見て、俺はこの女は繭《まゆ》ごもりしているのだと思った。ラップに包まれて蛹《さなぎ》と化したさゆりは、半透明の膜のなかで傷を癒しているのだと。白雪姫《しらゆきひめ》みたいに眠り続けるさゆりを眺めているうちに、俺は猛烈にやりたくなった。ラッピングされたさゆりに体をすり寄せ、匂いたつ汗と分泌液の臭気を嗅いだ。丸まった背中に刻まれた鞭の痕を痣《あざ》に沿って撫でさすり、まるまるとしたヒップをさすった。そして、双臀の狭間《はざま》から覗く秘苑を覗きながら、狂ったようにペニスをしごきまくった。

繭ごもりしたさゆりを犯したかった。だが、今セックスすると、さゆりが壊れてしまう気がした。

深夜、さゆりがトイレに立った。ドアが開け放しなので、シャーッという放尿の音が聞こえた。静寂の後に聞こえてきたのは、ひめやかな自瀆の呻きだった。

俺はソファから起きて、トイレに向かった。

さゆりは便器に腰かけて、繊毛の流れ込むあたりに指を走らせていた。ラップに包まれたピアスの浮きでる乳房を左手でつかみながら、右手の中指を膣口に押し込んでいた。

俺は淫靡な自瀆を盗み見ながら、ペニスをしごいた。もう何度も射精したのに、俺の分身はあさましくいきりたつのだ。

6

翌日、俺は仕事を休んだ。永遠に眠り続けるんじゃないかという気がしていたさゆりが目を覚ましたのは、夕方だった。

「大丈夫か？」

瞳のなかを覗きこんだ。一瞬怯えた目をしたさゆりだったが、すぐに俺がタカシであることがわかったのか、大きな瞳に安堵《あんど》の色が浮かんだ。

黒目勝ちの瞳が潤み、涙があふれた。

俺は大切なものを慈しむみたいに、さゆりの汗くさい裸身を抱いた。俺の腕のなかで、さゆりは肩を震わせて泣いた。涙が出るのはいい兆候だと思った。だが、そうではなかったのだ。

その日から、さゆりはぼんやりすることが多くなった。話をしていても、ふと散漫な表情になり、どこを見ているのかわからない目を宙にさまよわせる。

何かの途中で、ぺたりと床に座りこむ。起こしても、いやいやをするように腰を引き、駄々っ子のように座りつづける。そして、幻聴でも聞こえるのか、耳を手でふさいで何度も首を左右に振る。

さゆりのなかで何かが壊れはじめていた。いや、会ったときからこの女は壊れていたのかもしれない。そして、それに歩調を合わせるように二人のセックスは凄絶なものになった。

さゆりは俺の肉体を嚙みたがった。首筋を嚙まれて俺が苦痛の声を洩らすと、ますます強く犬歯を食いこませた。

そして同時にさゆりは自分が嚙まれることを望んだ。

「嚙んで」

そう言って、じっと俺を見る。つぶらな瞳はガラス玉みたいに表情がなかった。人形の目みたいだった。

拒めなかった。俺はたよりなげな首筋に歯を立てる。苦しげに白い歯を覗かせるさゆりを見て手加減を加えると、「もっと、強く」と首筋を差し出してくる。

ぐりぐりした筋が感じられるほどに深く嚙んだ。丸い筋で歯がすべった。さゆりは痛みで全身を引きつらせながらも、さらに求めてきた。

何カ所も口咬するうちに、さゆりは妖しい息づかいになる。性的興奮を示す声を洩らしながら、俺の下腹部をさぐった。俺はたまらなくなって、子宮へと続く肉路を貫いた。

ラビア・ピアスの入った陰唇は異物感があったが、その金属が勃起にあたる感触が素晴らしく良かった。

だが、それはまだ序章だった。さゆりは何かに衝き動かされるように加虐を求めた。俺は紫色に変色した歯形を残す小さな肉体をぶち、薄い肉をつかみ、皮膚が削《そ》げるほどに爪を立てた。

「蹴って」と請われて、足で突き転がした。無様な格好で転がったさゆりの股が開いて、ピアスの光る濡れた恥部が覗いた。喘ぐように波打つ白い腹を踏みつけた。それでも、さゆりは俺の足にしがみついてきた。

際限なくさゆりを犯した。アヌスまでも犯した。何度となく絶頂に昇りつめ、細い身体を汗まみれにしながらも、さゆりは求め続けていた。絶対に得ることができないものを。俺はそんなさゆりに引きずられていった。

その日、さゆりは真新しいカッターナイフを差し出して言った。

「切って、これでさゆりを切って」

俺はまじまじとさゆりを見た。荒淫しているにもかかわらず、さゆりは病的な美しさに満ちていた。もともと色白の肌は、さゆりがほとんど外出しないこともあって、透き通るようだった。

きっと俺は頭がおかしくなっていたのだろう。

さゆりを風呂に入れて、ベッドに寝かせた。血管を透かせた白い肌に守られた肉体は、ところどころに噛み痕と打撲の痕跡を残して、甘美な死の匂いをも漂わせていた。

キリキリ、とカッターの刃を出した。

なんてことはない、スカリフィケーションだと思えばいい。俺はめげそうになる気持ちを奮い立たせた。

スカリフィケーションはアフリカの黒人のやる身体装飾の一種で、皮膚を切って、その傷痕をケロイド状に盛りあがらせて紋様を描く。ボディ・ピアスと同じ種類のものので、俺には馴染みのある世界だった。

「胸の上でいいんだな」

聞くと、さゆりは「いいよ」と答えた。その日常的な言い方が俺を楽にした。

鈍い光を放つカッターの刃を、右の乳房のすそ野に近づけた。刃を立てて、すっと横に引いた。血が赤く滲み、さゆりが「うッ」と呻いた。

同じ箇所を今度はもう少し力を入れてなぞった。刃が皮膚の組織に潜りこむ感触があって、プツプツと血があふれてくる。もう一度なぞると、ざくざくっと肉が切れて、乳房の脂肪が刃にまとわりつく感触があった。

さゆりは唇をめくれあがらせ、歯を食いしばっていた。苦悶の声を洩らし、断続的に短い呼吸を繰り返す。蒼白に変わっていく顔を見ながら、俺は思った。

これでいいんだ。さゆりはこうすることによってしか、生きられないのだから。

傷口からあふれる鮮血を舐めているうちに、俺の下半身が反応した。

さゆりを床に押し倒して、猛り狂う勃起をヴァギナに押し込んだ。

さゆりはガラス玉のような目を宙に向けていた。

俺は傷口を舐めてやりたくて、さゆりの背中に手をまわして引きあげた。自分は座って、膝の上にさゆりを乗せた。

洋梨みたいにしゃくれあがった乳房のすそ野に、ざっくりと傷口が開いていた。そこから大量の血液が流れだし、乳房のトップやふくらみを赤く染めていた。

一瞬、血止めをしなくては死んでしまうかもしれないと思った。だが、さゆりはそれを求めているのだからと思いなおした。

真っ赤に染まった乳房を舐めた。生臭いような血の味を舌の上で転がす。せりだした乳首を吸った。

膝の上でさゆりの腰が少しずつ揺れはじめていた。さゆりは「あッ」とか細く喘ぎ、生臭い息をこぼした。それから静かに目を閉じた。

# 第二話　黒い繭、または淫蜜にまみれるラバーマスク

## 1

私は奇妙な薄いゴムの膜で、全身をパッケージされていた。

私のものであって、私のものでないスキンが皮膚に張りついてから、一時間が経《た》った。暑かった。いや、私の鈍くなった神経は、その暑ささえも忘れようとしていた。

おそらく今、この薄皮を剝がしたら、滝のような汗が袖口や足首の切れ口から滴り落ちるにちがいない。捌《は》け口を失っている体液のまざった汗は、出口を見つけることができずに、私の袋のなかに溜まっている。

にもかかわらず、私はその噴き出した汗の存在をまったく感じとることができない。

この限りない認識の誤謬《ごびゅう》……。

「そろそろ、はじめようか」

弘志が言って、私は頷《うなず》いた。

フローリングの床のセンターテーブルの前で、よく冷えたジントニックを飲んでいた弘志《ひろし》がグラスを置いた。それにならって私もグラスの縁から唇を離した。

ダブルベッドの端に腰かけた。シーツ替わりに黒のゴム布が全体を覆っているので、ベッドは口を開けたブラックホールのようだ。ここに寝ると私は宇宙の彼方《かなた》へと吸い取られていく。

私は丁寧に畳んであった黒いゴムの袋を開いた。頭の形にあわせた曲線が私をそそる。

鼻にあたる部分が突き出し、呼吸をするため小さな穴がふたつ並んであいている。黒い塊のなかで、下界と繋《つな》がりができるのは、その直径五ミリほどのふたつの穴だけだ。

薄いゴムをたくしあげ裏返しにすると、パウダーでほんの少しだけ白くなったヤワヤワしたものから、シックリースイートと英語で形容される病的な甘さを含んだゴム独特の異臭が鼻を突く。

私はかぶる前に厚さ〇・五ミリのゴムを鼻に押しつけて、思い切り吸い込んだ。動物でもない植物でもない化学的な無機物の匂いだ。それは死の香りに似ている。工場の廃棄物の墓場が放つフェロモンの香りだ。

すぐに頭が混乱してくる。いつもの記憶が甦《よみがえ》った。古いセピア色の追憶だ。そこがどこだかもわからない。蒼い記憶のなかで、少女の私はお尻にピチッと密着したゴムパンツをはかされている。誰だか定かでない男の毛むくじゃらの太い指が、ゴムの上から少女の私の秘肉を撫でまわしている。

私は激しい衝動にかられている。しばらくはそれが何だかわからないが、やがて、私を衝き動かしているものが排泄への欲望であることに気づく。男のいやらしい指の感触、締めつけてくるゴムオムツがお尻をくねらせるたびに、ピチピチといやな音をたてる。

下腹を刺すような苦悶が高まり、抗しきれなくなって私は括約筋をだらしなく緩める。

その瞬間、世界はエクスタシーとともに崩壊する。どろどろした妙に生温い流動化したものがゴムの袋に溜まっていく。

マゾ的な気分になって括約筋を開ききる。内容物がアヌスを通過していく瞬間が心地よい。エクスタシーに身体を震わせながら、私は堕落していく。私は私でなくなり、地面に落ちた塵《ちり》になる。老廃物を浮かべた海になる。醜く、臭い青虫になる。

ゴムマスクの匂いを嗅いでいるうちに、身体から力が抜けていく。お腹のなかで熱い火の玉が燃え、あそこが濡れてくるのがわかる。パブロフの犬のように、私のだらしないオマ×コがいやらしく涎《よだれ》を垂らしている。

「早く、かぶれよ」

弘志の苛立《いらだ》ちが飛んでくる。

私は裏返したマスクをつかみ、頭にあてて思い切り下に引っ張る。

「ギュ、ギュ、ギギィ……」

ゴムが耳元で不気味な音をたてる。

眼球がゴムの収縮力でギュッと締めつけられ、水晶体がはみだしそうになる。眼球にも性感帯はあるのだ。眼球がボンデージされて歓んでいる。このまま永久にゴムで目玉を圧迫していられたらと思うが、それはできない。

一気にゴムを顎のあたりまで引き下げる。小さな穴を鼻に合わせようとして、薄い生地を左右上下に微調整する。

それは溺死者が、空気を求めて水面に浮上する作業に似ている。

錆びついた木戸が開閉する時のような「ギーィ、ギーィ」というゴムの軋《きし》みが鼓膜を、そして目覚めかけたもうひとりの私を揺さぶり起こす。

やがて、物音が遠のいた。先ほどまで聞こえていたモーツァルトのCDが、フェイドアウトしていく。

私はこの瞬間、退行する。生きているのがつらくてしょうがない、この他人が支配する現実から限りなく逃避していく。

もう何も要らない。弘志でさえも。

なんと甘美で眩暈《げんうん》にみちたエリアなのだろう。この世界の大人の規則が、絡み合った関係性が、私を何度となく自殺未遂に追い込んだ煩わしいだけの世界が消失していく。

たった一枚の薄い皮膜が、私を護《まも》ってくれる。息苦しい。酸素が欲しい。五ミリの穴では小さすぎる。私は死にかけた金魚のように酸素を欲する。息を吸う。鼻の周辺のわずかな隙間がピタリと顔面に吸いつく。息を吐く。ゴムが膨らむ。

私は生存したい。それだけのために呼吸を繰り返す。私は膨張、収縮を繰り返す魚のエラのなかにいる。いや、ここは心臓だ。そのほうがぴったりくる。私は真っ赤な血液の充満した心臓の壁に包まれている。

「気持ちよさそうじゃんか。なんか、シンナー、吸ってるみたいだな」

そこに弘志の手が伸びる。弘志の指は、私が生き延びるための鼻孔を、意地悪にもふさいでしまう。

息を吐き出す。行き場を失った呼気が、マスクを膨らませていく。マスクはゴム風船のように面白いほど膨張する。肺の空気をすべて吐き出してから、私は息を吸う。すると、今度はゴムのマスクが濡れた薄紙のように口許《くちもと》に、ピタリと吸いついてくる。

「ヘンタイだな、マイは。こんなのが、気持ちいいんだよな」

弘志の声が遠くから聞こえてくる。弘志はサドだから、人の気持ちがわからない。

何度も呼吸を繰り返すうちに、私は中毒になる。マスクと顔の間に溜まっていた空気をすべて使い果たして呼吸困難に陥り、喘ぐ。

死ぬ時ってのは、こんな感じなんだろう。

いっそのこと、このまま死ねたら。弘志、このまま死なせて……！

だが弘志はそんな私の期待を裏切る。いつも弘志はこうだ。もう少しというところで、私を死なせてくれない。

弘志が鼻の穴をふさいでいた指を離した。生存本能が働き、私は水面に浮かびあがった金魚のように、大きく喘いで肺に酸素を送りこむ。

2

「寝ろよ」

弘志が言う。弘志はいつもサディスティックだ。

私はラバーシーツの敷かれたベッドに横たわる。ゴムの擦《こす》れる音がする。

目をあけていても、何も見えない。目の前には完全な闇の帳《とばり》が下りている。人為的に作られた完全な闇は、安息とともに深い解放感を与えてくれる。

これは癒しなのか？　セラピーなのか？

「真っ黒だよ、お前。お前は何者なんだ、答えろよ」

弘志の声が聞こえてくる。

「……繭《まゆ》よ」

私はとっさに思い浮かんだ答えを返す。唇がラバーで押しひさがれて、うまく言葉を喋《しゃべ》れない。

「聞こえないなあ」

「マ、ユ」

そう、私は自分が紡いだ糸で全身を包まれた黒い繭だ。繭ごもりをしたサナギだ。

「繭なんかには見えないな。お前はペニスみたいだ。ヌラヌラと勃起した黒いペニスだ」

弘志は私を愛撫しはじめる。

「ギュッ、ギーィ、ギュッ……」

風に吹かれて勝手に開閉を繰り返す木戸のような、蚕《かいこ》が殻を引っ掻くような奇妙な音が袋のなかに響いてくる。

弘志の指が顔面を這う。眼球を鼻を、そして頬へとなめらかに滑りおりていく。

指の爪のほうを使っているのだろう。指腹だと引っ掛かりがあって不快だが、爪の側だとすごく気持ちがいい。クリーミーな掻痒《そうよう》感が、頬にはたまらなくイイ気持ちだ。

実際に体験した者にしかわからない快楽が、この世にはあるのだ。

薄いゴム膜が触感を変換させる。たった一枚の皮膚に張りついた膜が、快感を増大させる。自分のものであって自分のものでない肌を、ナメクジのようなものが這いまわる。

それは夢のなかで受ける愛撫に似ている。

柔らかい物が顔面を這う。弘志の唇だ。唇が私の唇をとらえる。ゴム膜越しのキス。

そういえば昔、ガラス越しにキスをする映画があったな。ゴム膜越しの接吻が私をロマンチックな気分にさせる。

できることなら、フェラチオしてあげたい。弘志のチ×チンを思い切りしゃぶってあげたい。でも、私にはそれができない。そのことが哀しい。

私のオマ×コは、もうビチョビチョだ。

弘志の手が股間に伸びた。ラバー越しにグチャグチャのオマ×コを触ってくる。私は大胆に股を開いて、それを受け入れる。

指が太腿の内側をなぞりあげてくる。指がラバーの表面と摩擦を起こして、ギュ、ギュ、ギュと細かく振動する。太腿に受けるバイブレーションがくすぐったい。でも、気持ちがいい。

私はダイレクトに触ってほしくなって、いやらしく腰をくねらせていた。

「コラッ、藺なんだろ。藺が腰、振るかよ」

弘志が言う。私は闇の帳のなかで哀しくなってしまう。

「待ってろよ、今、ベチョベチョにしてやるからな」

弘志がゴソゴソやっている。いつものようにローションを取り出しているのだ。やがて弘志はローションを手にして、塗りつけはじめた。

胸の膨らみを撫でられると、ヌルヌルした蜜のようなものが気持ちいい。

まるでゼラチンの容器のなかで天使の愛撫を受けているみたいだ。

胸から腋の下、さらに下腹へとゼラチンがすべっていく。

私の自我をかろうじて繋ぎとめていた袋が破れ、私は快美感のなかで崩壊していく。

あぁ、なんて気持ちがいいの……。

ほんとうの皮膚は境界の役目を放棄して、内臓と化す。私は内部へと自己愛的に埋没しながら、陶酔に溺れる。

私は繭のなかで裸だ。

こんなに赤裸々でいいのかしら？　こんなに自己を剥きだしにしていいのかしら？

弘志が、胸を覆っていたラバーの布を外した。胸覆いはホックで付いているだけなので、簡単に取り外すことができる。

私の乳房が、外気に触れる。

「すごい汗だな」

弘志はさらされた乳肌にも、ローションを塗る。私の白くぬめ光る乳房は、きっとチョコレートの膜から飛び出してきた生クリームみたいに映っているに違いない。

弘志はバニラアイスみたいな乳房を揉みこみながら、ヌルヌルしたゼリーをたっぷりと塗りこんでくる。

乳首を舌で転がされると、それが勃起してくるのがわかる。

「あぅぅ、あぁぁ……」

私は恥ずかしげもなく、歓びの声を噴きあげる。そのいやらしい喘ぎが、マスクのなかで充満してますますおかしくなる。

弘志が私の指を導く。ラバーグローブをはめた指が、硬いものに触れる。薄い膜を通して、コックの力強い鼓動が伝わってくる。

硬いけど微妙な柔らかさを持った肉の柱に指をからませてギュッ、ギュッとしごく。弘志のものは太くて長い。

それが指のなかで跳ねあがり、体積を増してくる。

弘志の息づかいが荒くなり、コックが武者震いしている。私はいつもこの憎らしいもので貫かれ、小さな死の悦楽を貪るのだ。

気持ちをこめてしごいていると、弘志が股間をさぐってきた。

私の着けているキャットスーツは、プッシーの部分が割れていて、二枚のラバーが重なったオーバーラップドクロッチスタイルだ。だから、簡単にセックスができてしまう。

ゴムをかきわけるようにして、プッシーを直接触られると、恥ずかしくてたまらなくなる。皮膚を剝がされて内臓をじかにさぐられているような気がして、冷や汗が噴き出す。

「やっぱ、ヌレヌレじゃん」

弘志は嬉しそうに言うと、足の間に腰を割り込ませた。それから膝を曲げた私の足の間に、ゆっくりと押し入ってくる。

「うあッ！」

ゴムマスクのなかで喘いで、私は背中を反らす。力強いものが私の弱くて柔らかい赤子のような粘膜に覆われた穴を埋め尽くしてくる。

「おぅ、おぅ、おぅ！」

弘志は咆哮《ほうこう》をあげながら、力強く突いてくる。

弘志はラバーの冷たい感触と、ヴァギナの内部の滾《たぎ》りの温度差がたまらなく刺激的だというのだが。

空気にさらされた乳房を揉みしだかれ、腕立て伏せをするみたいにリズミカルに差し込まれる。

腰のまわりが熱く疼きはじめ、私は自然に下腹に力を入れてしまう。口のなかに唾が湧き、体中がヴァギナになったみたいだ。皮膚という皮膚からネバネバした液がにじみでる。

「あんっ、あんっ、あんっ」

自分の喘ぎが、マスクのなかに響く。

ああ、私はなんて下劣な女なのか……。

もっともっと、深く貫いてほしくなる。

目茶苦茶にして！　マイを地獄に落としてよォ……！

ファロスが膣を貫きとおし、お腹を通り過ぎて喉元から飛びだしてくるみたいだ。苦しい、息ができない。呼吸が乱れ、マスクにあいた小さな穴だけでは、酸素の補給が追いつかない。息を吸うたびに、ゴムマスクが濡れた薄紙のように隙間なく貼りついて、意識が遠くなる。

死ぬ、死んじゃうよォ……！

死にかけた金魚みたいに口をパクパクさせている。だが喉が詰まって空気が吸い込めない。ボンベの酸素の切れたダイバーの苦悶。

だが、それに反して凄絶な快美感のようなものがどんどん膨らんでいる。きっと、死と快感がスパークしているのだ。

私は知らずしらずのうちに脚を突っ張らせ、恥丘をせりあげていきんでいる。

あぁ、来る……！

地獄と天国が交錯し、すれ違った瞬間に私は落ちる。天空へと上昇しながら落ちていく。身体がガクッ、ガクッとかってに痙攣し、私は舞いあがる。まるで幽体離脱のような状態で、それを眺めているもうひとりの自分がいる。

3

その夜、私は弘志に連れられて、或るパーティに参加した。

「スイート・スキン」と名付けられたそのパーティはリバーサイドにあるクラブで行われていた。そして、私たちは月に一度開かれるフェティシストたちの集うパーティ「スイート・スキン」の常連だった。

ドレッシングルームでキャットスーツに着替えた私は、入口で服装チェックを受け、弘志にエスコートされて会場へ入った。

内臓を思わせる奇妙なオブジェに囲まれた会場は、すでに異装者によって埋め尽くされていた。薄暗いフロアーには、ハウス・ミュージックが低く流れ、正面のスクリーンには外国のボンデージ・ビデオが映しだされている。そのなかで、ラバーや革に身を包んだ同好の士たちが身体をくねらせ、耳元で何やら囁《ささや》きあっている。バルーンスーツを風船のように膨らませた宇宙人みたいな男が、片隅にじっと立っている。ポニーテールに黒髪を結び、全身ラバーに革製のコルセットを締めたドミナ風の女が、犬の鎖で繋いだ全頭マスクとゴムパンツだけの男奴隷を引き連れて、闊歩《かっぽ》している。重そうなゴムのマントを羽織ったゴム長靴男、キュートなメイド衣装を着て、ピンヒールをはいたショートボブの女の子。

私はここに来ると、いつもほっとする。つまり、私たちと同じ趣味にとり憑《つ》かれた人たちがいるのだとわかって安心するのだ。

「何にする?」

弘志が聞いてくる。

「ワイン」

私はカウンターで血の色のワインで満たされたグラスを貰《もら》って、グラスの縁に唇を押しあてる。

私はコクーン製の赤いキャットスーツで全身を包み、ビクトリア社の黒のコルセットでウエストを締めていた。ピンヒールは高さが五インチほどもある。ちょっとお洒落《しゃれ》な赤と黒に彩られた全頭マスクを被っているのだけれど、目と口があいているので行動に不自由は感じない。

「やぁ」と、黒のタキシードで決めた二人連れが、声をかけてきた。

彼らは唐木《からき》と田島《たじま》といって、このパーティで知り合った仲だ。

私は彼らが一級建築士であること以外、何も知らないが、どうやら二人とも、これといったフェティッシュはないようだ。これまでも服装は黒のタキシードと決まっている。たぶん、マイのようなちょっとヘンタイ的な女の子が好きなのだろう。

私たちはボックスシートに座り、当たり障りのないことをダベって、時間を潰した。その間にも、彼らはチラッ、チラッと私の胸元に危ない視線を走らせる。彼らの考えていることは、わかっている。そして、それは実現されるだろう。わかっていても、弘志にすべての決定権を委ねている私には、どうすることもできない。

「見てみなよ、アレを」

弘志がフロアーの一角を顎で示した。PVCの赤いドレスを着たボブカットの女の子が四つん這いになり、鞭で打たれていた。

打っているのは、日本人離れした体格をした中年のベテランドミナだ。

PVCのミニスカートからのぞいた剥き身のヒップを、バラ鞭が掃くたびに、彼女はビクッと背中を反らす。ピンヒールをはいた足がビクッ、ビクッとハの字に持ちあがる。

「マイ、お前にも、ああいうのやってやろうか?」

弘志が微笑して言う。

「駄目よ。私、痛いの、苦手だから」

私はいなした。嫌いなわけではない。しかし、ああいうのを好きだと言ったら、男たちは図に乗る。ある種の男はいったん鞭を使いだすと、狂気の世界へと旅立ってしまうことを、私は経験で知っていた。いつもヒップに青痣《あおあざ》をつくっているのではたまらない。私はかるく逆襲してやった。

「そんなに女をブチたいんだったら、あの子をブッてきたら」

「いや、誰でもいいってわけじゃないんだ。なぁ、そうだろ?」

弘志に言われて、二人は渋々頷いている。

おそらく彼らは誰でもいいから、女の子をブチたいのだろう。彼らがここに来て、これという獲物を物色するのに余念がないことを私は知っている。彼らのスタンスは、基本的にやらせてくれるなら誰でもいい……なのだ。

二人が私に近づいてくるのも、私がやらせてあげてるからだ。

「ホテル、行くか?」

弘志があっけらかんと言った。

「いいのか?」

唐木が念を押す。

「いいのかもねぇだろ。あんたら、こいつとホテルに行きたくて、ここに来てるんだろ?」

二人は無言で顔を見合わせる。

「じゃ、行こうぜ」

弘志はいつも単刀直入だ。こいつには日本人的恥じらいというのがない。そのへんが面倒くさくなくて、私はそこに惹かれているのだけれど。

4

私たちは、いつも利用するホテルに入った。

アールデコ風のラブホテルの一室は、そこで充分生活できるほどに広い。中央にキングサイズのウォーターベッドが置かれ、充実したオーディオ設備から、ビートルズのナンバーが流れていた。

「いやぁ、あの運チャン、びっくりしてたな」

「そりゃ、そうだ。まあ、あの辺じゃ、へんな女を乗せるのは、運チャンも慣れてるだろうけどな」

「だけど、マイちゃんにも弱ったものだよな。アン、アン喘いじゃうんだからな」

男三人はタクシーでの興奮を引きずったまま、会話を弾ませている。

無理もない。私は赤いキャットスーツと全頭マスクをつけたまま、男たちに両側から抱え込まれるようにして、タクシーに乗せられた。

そして、ここに到着するまでの十五分ほどの間に、弘志はホック式の胸のラバー布を外して、私の露出した乳房を悪戯《いたずら》したのだ。隣に座っていた田島も弘志と同じようにバストを揉んだ。

さらには、オーバーラップドクローチスタイルの股間を愛撫され、ついにはプッシーの中にも指を突っ込まれ、私は我慢できなくなって、アン、アン喘いでしまったのだ。

全頭マスクで顔が隠れていなかったら、きっと恥ずかしくて死んでしまっただろう。でも、私はそういう自分に満足している。私はこの男たちにスリルと悦楽を与えるた

める。

めの玩具だった。そして、私は男たちの目に欲情の光を見出《みいだ》すと、幸福な気持ちになる。

「俺からやるからな。お前たちにも手伝ってもらうから」

弘志が言って、二人を見た。

二人は遠慮がちに頷いた。内心はすぐにでもやりたくてしょうがないはずなのに。なんだかんだと言っても、弘志はまず自分が先にやらないと機嫌が悪くなる。やはり、他の男の後では気分が悪いらしいのだ。

弘志が服を脱いで、裸になった。弘志の裸は美しい。高校生までずっと体操をしていたらしく、均整のとれたしなやかな筋肉をしていた。私が弘志にゾッコンなのも、このしなやかな体のせいだ。

弘志は私をひどく乱暴にベッドに押し倒した。ウォーターベッドが揺れて、私の四十五キログラムの身体がポワンと弾む。

弘志は馬乗りになると、私の胸の覆い布を毟《むし》りとった。転がり出てきた自慢のバストを鷲づかんで、ねじるようにしてトップを絞りだす。

私はドラマの悲劇の女主人公のように、顔を振っていやいやをしてみせる。

「おい、そこのローション、取ってくれよ」

弘志が命じた。唐木がほいほいという感じで、用意してあったローションの瓶を取って、弘志に渡した。

弘志は瓶を傾けてたっぷりのローションをてのひらにあけた。ヌルヌルしたものを乳房に塗りこんだ。

私のバストは海草から抽出したローションによって、妖しくぬめ光る。思わず自分のバストに見とれてしまった。それは光沢を出させるためのスプレーを吹きかけられて、妖しくぬめ光るラバーの表面に似てエロティックだ。

弘志は立派なディックを乳房の谷間に置いて、言った。

「マイ、パイズリしろよ」

「えッ？」

と、私は聞き返した。

「オッパイでチ×チンをマッサージするんだよ。そのくらい、知ってるだろうが。カマトトぶるなよ」

もちろん、その方法は知っていた。やったことはなかったけれど。

「ほら、手でオッパイを押せよ」

両手を乳房に導かれて、私は左右のふくらみを外側から押した。Ｅカップの乳房が真ん中に寄り、せめぎあうようにして屹立を包み込む。

「オッパイを動かせよ」

命じられて、私は言われた通りに左右のふくらみを上下に揺すった。恥ずかしいほどに大きな乳房が中央でせめぎあい、そこから一つ目小僧が覗いている。

パイズリするうちに、私は気持ち良くなった。ヌルヌルした乳肌が勃起に接触し、そこから疼きの波長が浸透してくる。弘志もうっとりと目を細めている。そのことが私には嬉しい。

弘志が何か言って、田島が私の股間をなぶりはじめた。開閉式の基底部を開いて、じかに私のあそこをいじりまわす。

「うふッ、うふッ」という私の喘ぎが、マスクを通して響いてくる。きっと私はいやらしく腰をくねらせていることだろう。

「まったく、マイにも困ったものだよな。お仕置きしなくちゃな」

弘志がオラッと声をかけて、私の全頭マスクをつかんだ。顔を上げさせて、「しゃぶれよ」と命じる。

私には最初、その意味がわからなかった。乳房の谷間から、赤紫色の亀頭部がヌッと突き出されて、初めてその意味がつかめた。

こんな屈辱的なこと、まずフツウの女はやらない。だが、私はフツウではなかった。そのことが私が私であるための存在証明だった。

私は一杯に舌を出して、先っぽを舐めた。チロチロと蛇みたいに舌を走らせた。弘志が勃起を近づけてきたので、先端を頬張った。弘志はマスクをつかんで引き寄せながら、強引に突っ込んでくる。

苦しくて涙が出てきた。それでも、私は幸せだった。

やがて、弘志が強制フェラチオをやめて、下半身にまわった。赤いラバーをぴったりと張りつかせた私の足を折り曲げて、膝が腹につきそうなほどに押さえつけた。すぐに入ってきた。力強いコックで内臓を貫かれて、私は喘いでいた。太いものが内臓を貫通して、喉から出てくるみたいな衝撃が体内に響きわたった。

「ほらッ、いいんだろ。声を出せよ。わめけよ」

弘志が屹立を奥まで届かせながら言う。

「弘志のすごい。オマ×コが破れちゃう。ズンズン響いてくる」

私はあからさまな声を出す。そうすると、自分がいっそう興奮する気がするのだ。

弘志は私の膝をみっともなく開かせて、ペニスが開閉式の基底部から覗いたプッシーを出たり入ったりしているのを、嬉しそうに見ている。

いつの間にか二人も参加して、私のマスク越しに顔面を指でなぞったり、乳房をいじったりしている。

弘志が徐々にピッチを上げた。柔らかなウォーターベッドの液体のスプリングで、私の身体は弾んだ。打ち込まれた衝撃がベッドに伝わり、身体の下で液体が波打ち、それがさらにうねりを増大させる。

私は荒波に揉まれる小舟のように愉悦の波に揉まれ、忘我の彼方へと押しあげられた。

5

エクスタシーの余韻を引きずりながら、私はウォーターベッドで横になっていた。男たちの声が聞こえた。

「ヒロシ、今夜はいいものを用意しておいたんだよ」

田島の声がする。

「おおっ、イチジク浣腸だよな、これ。なんか、懐かしいよな」

唐木の声で私も目を開けた。三人とも裸だった。唐木が、ケースから取り出された奇妙な形をしたものを見ていた。

「お前、それ、わざわざ買ってきたのかのよぉ？」

弘志が苦笑する。

「あぁ、うちの駅前の薬局でな。恥ずかしくて、まいったよ。だけど、マイちゃんにどうしても浣腸したくてさ。直感だけど、マイって、こいつが好きそうな感じがするんだな」

あたっている、と私は思った。私は密《ひそ》かな浣腸願望を抱いていたが、弘志には言いだせないでいた。弘志は自分の欲望を満足させることしか考えないサディストなので、相手の女の子の気持ちを察知する能力が欠如しているのだ。

「そうか……じゃ、やってみるか」

弘志が承諾して、男たちが近づいてきた。

私は押さえつけられ、キャットスーツを脱がされた。男たちに寄ってたかってラバーを剝がされるのは、気持ちがいい。映画化されて余りにも有名になってしまった『羊たちの沈黙』で、犠牲者の女たちは変質者によって皮膚を剝がされていく。

長時間身につけていたスーツは、〇・六ミリの厚さの薄いゴム膜が、ほとんど皮膚と化している。こうやって、男たちにラバーを脱がされていると、皮膚を剝がされた犠牲者たちの気持ちがわかるような気がする。

私の身体から毟りとられた赤のラバーは、床に落ちて、プディングのようにプルプルと震えている。裏返しになったゴムにはたっぷりと体液が溜まり、私の恥部をさらけだされているようだ。

それまで自分を護ってくれていた防護服を剝がれ、ひ弱な姿を露《あらわ》にした私は、胸を両手で覆ってうずくまる。

男たちは、そんな私にさらに罰を与えようとでもするみたいに、私を四つん這いにさせた。

私のお尻は、噴き出した汗と湧出した淫蜜とで、ひどく汚れているはずだ。

「けっこうきれいなアヌスじゃないの」

田島が言った。弘志が顔を近づけて匂いを嗅いだ。

「やっぱり、匂うな。ウンチ臭いな」

女の子を平気で傷つける弘志は、やっぱりデリカシーに大いに欠けると言うべきだ。

田島がイチジク浣腸のキャップを外して、嘴管《しかん》をお尻に近づけた。体液にまみれて、適度にほぐされた私のアヌスは、三十CCの浣腸液を簡単に吞み込んでしまう。

冷たいグリセリン溶液がチュル、チュルッと内臓に流れこんでくるおぞましい感覚に、私は唇を噛みしめて呻いた。

それが二度繰り返される。

「どうせなら、ゴムパンツをはかせたいな。ぴっちりしたやつを。そうしないと、ヒリ出したとき処理に困るしな」

田島が言って、二人がそれに賛同した。私はぴちぴちのゴムパンツをはかされてしまった。

「どうする？　ただ待ってるだけじゃ、つまらないしな」

「フェラしてもらうってのはどうかな？　順番に」

田島が恐ろしい提案をした。

「いいな、それ」

弘志が乗った。これで決まりだった。

私は床に降ろされて、三人はベッドに腰かけた。

私はいつもやっているように、手術用の薄くてぴったりくる飴色のラテックスの手袋を手にはめた。ローションを取って、潤滑油を弘志のいきりたった肉柱に塗りこんだ。

弘志はこれが好きだ。いや、弘志ならずとも、男なら誰でもこのローションマッサージには骨抜きになるはずだ。

そういう私もこれが好きだ。薄いゴム膜を通して伝わってくる潤滑感の向こう側に、逞しい肉柱の表面にぷっくり浮きあがった血管や力強い鼓動を感じると、あそこが濡れる。

ローションにまみれてすべりが良くなったディックを、キュッ、キュッとしごいた。いつもなら弘志は、うっとりと目を細めて唇を舐めあげる。だが、同性の目を意識しているのか、今日は抑えているみたいだ。

私はしごくのをやめて、口を使うことにした。このローションは海草から抽出した植物性のものなので、舐めても全然害はない。

生まれたばかりのエイリアンみたいに粘液を滴らせた肉茎をいったん半ばまで含んで吐きだし、深く咥《くわ》える。

弘志は出すまで許してくれない。私は皺袋をやわやわともてあそび、裏筋を舐め、できる限りのテクで攻めたてる。

さっき出したせいか、弘志はなかなか射精してくれない。それでも、先っぽを頬張り、包皮を冠状溝に引っかけるようにしてしごくと、弘志が唸った。

ビクッ、と屹立が口のなかで跳ね、苦い液が口腔《こうこう》を満たした。私は顔を仰向けて零《こぼ》れないようにしておいて、生臭い体液を飲み込んだ。

次は唐木の番だった。弘志より細いけれどやたら元気な肉茎をしゃぶっていると、お腹のなかがいやな音をたてて鳴りだした。

どうやら、先ほどのイチジク浣腸が効いてきたらしい。急にしたくなって、私は肉茎を吐きだした。

「弘志、トイレにいきたい」

訴えた。どうするという顔で、弘志は田島を見た。

「駄目だよ。ゴムパンツのなかにしなきゃ、意味ないよ」

田島が恐ろしいことを平然で言ってのけた。こいつは、弘志よりよっぽどヘンタイかもしれないと、私は思った。

「そうだな……マイ、お前はせっかくオムツしてんだからな。おしゃぶりしながらヒリだせよ」

弘志が同意した。唐木が私の顔を引き寄せる。私はフェラチオに集中することで、便意を忘れようとした。

夢中になって舌をからませ吸った。漏らしては困るという意識のせいか、どんどんピッチが上がっていく。唐木が髪の毛をつかんで引き寄せた。奥まで咥えこんだ瞬間、熱い樹液が飛び散った。喉にしぶく粘液を噎《む》せながら飲んだ。

三人のものを出してしまえば、トイレにいかせてもらえるかもしれないという淡い期待を持って、田島のディックをしゃぶりにかかる。

だが、田島の懐中電灯みたいにデカいマラを頬張っていると、我慢できなくなった。

「おトイレに行かせて！　お願いよぉ」

口を離して、訴えた。

「駄目だ。ほらっ、していいんだぜ。マイだって、ゴムオムツのなかにチビりたいんだろ、わかってるんだから」

弘志が言う。その言葉が私の遠い記憶をたぐりよせた。

そうよ、そうなの。私は、ゴムオムツにチビりたいの……！

あのセピア色の記憶が甦ってきた。ゴムの襁褓《おむつ》の上から愛撫されて、チビってしまうあの記憶が。内容物が直腸から肛門へと下っていくのがわかる。

あぁ、出ちゃうよお……！

私は必死に肛門を締める。

青虫になっちゃう。私は臭い液を吐きだす下等な青虫になっちゃう……！

「咥えろよ、そのほうが楽だと思うよ」

田島が髪をつかんで、引き寄せた。

私は肉柱にしゃぶりついて、口腔が擦れる陶酔感でそれを忘れようとする。だが、憎むべき便意は容赦なく下腹を突きあげてくる。脂汗が背中を伝った。

あぁ、私は最低の生き物なのよ……!

私はぎりぎりのところでそれを認めた。次の瞬間、アヌスを存在感をもった濁流が通過していく感触があった。

それはいったん防波堤を突破すると、次から次とあふれでてもう止めようがないのだ。

あぁ、いやッ! でも、気持ちいい……!

お漏らしをする快感が私を打ちのめす。アヌスがビクビク震えている。腹の底が抜け落ちていくようだ。堕落と背徳に満ちた芳烈な快美感が全身を充《み》たす。

「おおぅ、出てる、出てる!」

男たちが口々にはやしたてた。下品な破裂音が耳に入り、私は貶《おとし》められ、最低の生き物と化した。

生温い内容物が、ゴムパンツと皮膚の間に溜まっていった。けれども、この汚辱にみちた堕落の快感は完全に私のものだ。この瞬間、私は私のアイデンティティを獲得する。

「おらっ、おしゃぶりしな。糞、ヒリだしながら、咥えるんだよ」

私は太いモノを口腔におさめたまま、オルガスムスを感じた。この揺らぐような恍《こう》惚《こつ》感。

「どうした、イッちまったのかよ？」

弘志の声が遠くで聞こえる。身体の痙攣がいつまでたっても止まらなかった。

そのとき、私は黒い繭のなかで淫蜜を吐き出し身体をベトベトにした蚕だった。私は私の吐き出した蜜の糸で全身を雁字搦《がんじがら》めにされた汚辱にまみれた青虫だった。

# 第三話　麝香アゲハの纏足、または姦計に蠢く肉孔

1

一日中、陽の射《さ》すことのない陰気な部屋の床を、石塚富雄《いしづかとみお》は這うように女に近づいていった。

「かんにんして……疲れてるの」

春絵《はるえ》は大儀そうに溜め息をつく。肌の色がほんとうに抜けるように白い。だが、顔かたちはインドの美女を思わせるエレガントな造りだ。

まだ十七歳、繊細な顎から首筋へのラインはまだ少女のあどけなさを残していた。

体つきも、手足が伸びやかでしなやかだ。それとは対照的に、洗いざらしの黒のシュ

ミーズがまとわりつく胸は大きく隆起して、ヒップの曲線も女そのものの豊かさに満ちている。

「春絵は何もせんでもエエ。そこに寝そべっておれば」

石塚はなおも這い寄っていく。痩せこけてはいるが、眼光だけは異様に脂ぎっており、それが彼の内に潜むいまだ活発な獣性を思わせた。

「お父ちゃんは、しつこいから」

春絵は石塚のことを見向きもしないで、鏡を見て髪を梳《す》いていた。烏の濡羽色に輝く黒髪は首筋から肩にかけてなだらかな曲線をえがいて、美しい。

春絵は鼈甲《べっこう》の櫛の歯の隙間にからみついた長い抜け毛を、面倒臭そうに一本、一本取っては塵箱《ごみばこ》に捨てる。

「そう言わんと、エエやないか」

石塚は春絵の手を引き、先ほどまで自分が寝ていた布団に押し倒した。

「しょうがないなぁ、何もせんよ」

「エエ、エエ、何もせんで」

石塚はその悩ましい肉体に一瞥《いちべつ》をくれると、春絵の足元にしゃがみこむ。

不思議な足だった。まるで馬か羊の蹄《ひづめ》のように甲が高く盛りあがり、爪先から踵《かかと》まで十センチ余りしかない。それを、幅十センチくらいの白い布が包帯のようにグルグル巻きにしている。

纏足《てんそく》だった。南唐《なんとう》の李後主《りこうしゅ》が宮女の足を布で縛り、新月状にして、黄金の蓮花《れんげ》の台で舞わせたことに始まるという中国の悪《あ》しき風習……。

「あぁ、たまらん、たまらんなぁ」

石塚は何かに憑《つ》かれたように足に頬擦りして、鼻を鳴らす。

香蓮散《こうれんさん》という中国伝来の薬剤の芳香と、すえたような汗と分泌物の悪臭が混ざりあい、言いようのない濃厚な香りが匂いたっていた。

石塚富雄が纏足に強く惹かれるようになったのは、戦時中のことだった。

満州《まんしゅう》に進攻する陸軍の一兵卒だった石塚は、北満のとある村に侵攻した。村の庄屋らしき屋敷に押し入ったとき、納屋で小さくなって震えている少女を発見した。

中国系の美少女だった。彼女はよろよろと立ちあがったものの、動きが不自然ですぐに転んだ。足元を見て、驚いた。少女は纏足をされていた。おそらく、その肉体のみで主人に仕える種類の女だったのだろう。

まだ、こんな風習があったのかという驚きとともに、石塚は強い欲望に駆られた。嫌がる少女の中国服を剝ぎとり、暴虐の限りを尽くした。刺繡を施された布靴に包まれた小さな足からは、異様な匂いがたちこめていた。

あの時の、天にも昇る気持ちをどう表現していいのだろうか？

まだ少女の面影を残した女の肉襞は、最初は乾いていたが、すぐに濡れてきた。やがて、甘美な肉口は女の意志とは裏腹に、まるで生き物のように肉茎にからみつき、蠢《うごめ》き、絞りあげてきた。

何度となく精を放ちながら、石塚は、纏足が中国の男性の猟奇的嗜好の対象であり続けてきた理由を身にしみて知ったのだ。

敵地で敗戦を迎えて日本に帰還した石塚は、身寄りのないまま職を転々として、戦後の祖国を彷徨《さまよ》いつづけた。

月日が経過し、ビルの管理人を任されていたとき、運命的な出会いをした。その雑居ビルの玄関に、赤子が捨てられていたのだ。

女の子だった。彼はこの赤子こそが、天が自分に与えた贈り物だと信じた。

その乳児に「春絵」という名前を付け、自分の子として育てた。当時、赤子を育てるのは容易ではなかったが、石塚はかなりあくどいことまでして、春絵を育てあげた。

三歳の頃、春絵の足の親指を除いた四指を足底に折り曲げ、布できつく縛った。小さい靴をはかせて足の成長を抑えた。

そして七歳になったとき、足裏を強く屈曲して脱臼させたまま縛りつけた。

他人はこういう行為を酷《むご》いというかもしれない。だが、もしあのとき、俺が拾ってやらなかったら、春絵は確実に短い生命を終えていただろう。この女は俺の愛玩物になってしかるべきなのだ。

そう考えて、石塚は自分を慰めた。

そして、運がいいことに、春絵はエキゾチックな美人に育った。外へ出るときは「足が悪いから」という理由で車椅子に乗せた。すれ違う男が振り返るほどの美貌であった。

背中の半ばまで伸びたストレートの黒髪、瓜ざね顔に切れ長の双眸《そうぼう》が、いつも濡れたように光っている。厚めの朱い唇が、男心を煽《あお》ってやまない。その艶やかな姿は、石塚が傾倒するチベット仏教の守護神に抱かれる若い女神を彷彿とさせた。

春絵が十二、三歳の頃から、性の技巧を教えこんだ。布団に誘っては、膨らみはじめた青い果実のような双乳を、柔らかな繊毛が生えはじめた秘苑を愛撫し、性の悦びを教えた。

が、処女を奪うことはしなかった。いや、できなかったのだ。石塚は戦時中に受けた怪我が元でインポテンツになっていた。

春絵が十六歳になったとき、石塚は春絵にはじめて客をとらせた。生活のためだけではなかった。春絵を完全な男の愛玩物として、育てあげたかったからだ。

そして、春絵と寝た男は、一人の例外もなく、二度三度と春絵の肉体を求めてきた。纏足をされると、正常歩行ができなくなり腰骨が前に突き出るようになる。それが、女の肉孔の筋を発達させ、肉厚にさせ、男の肉茎を蕩《とろ》けさせるのである。

春絵のおかげで、石塚はぼろ家ではあるが一軒家を借りることができた。仕事もしなくて済むようになった。

周囲は東京オリンピックで、東洋の魔女が金メダルを取っただの、柔道が全種目入賞を果たしただのと浮かれきっていた。だが、石塚にはそんなことはどうでもよかった。ただ春絵がいれば、それで満足だった。

2

「ほんとに、エエ匂いや」

石塚は包帯を巻かれた足に執拗《しつよう》に頬擦りし、舐めまわす。

「お父ちゃん、ベチャベチャして気持ちワルいわ」

春絵が眉をひそめて露骨にいやな顔をした。

「エエやないか。誰がここまでお前を育ててきたんや！　俺が拾ってやらなかったら、お前は、どこかで野垂れ死にしとったんやぞ」

「わかった。わかったわ。もう、その話はエエわ」

「そうか、わかれば、エエんや」

石塚は足先をさんざん愛玩してから、舌を上へと這わせていく。黒のシュミーズから突き出た足は、神の造った最高の嗜好品だ。

ほとんど外出することもなしに、隠花植物のように育てられたためか、色が抜けるように白い。付け根に向かうにつれて、太腿は急激にボリュームを増す。薄く張りつめた内腿には網の目のように走った静脈の蒼い道筋が妖しく透け出していた。

「何度見ても、たまらん」

石塚はむちっとした太腿を、慈しむように撫でながら、チュウチュウと吸う。

「あんまり吸うと、痕が残る」

春絵は義父の頭を遠ざけようと、両腕を突っぱねた。だが、本心からの行為ではない。

自分をこういう不具同然の身体にした義父を、心底憎んでいる。けれども、それと

同量の愛情を感じている。それらが渾然一体《こんぜんいったい》となって、春絵の心に渦巻いていた。その
義父の粘っこい舌が太腿の内側から、ジワジワと這いのぼってくる。そのおぞましいほどの快美感に慄《ふる》えあがり、鼠蹊部《そけいぶ》をひきつらせる。

「真っ黒や。そろそろ、剃らなあかんな」

石塚が、炎のように燃え盛った繊毛を指に巻きつけてボソリと言う。

それから、翳《かげ》りから顔を覗かせている鮭紅色の肉襞をゆっくりとひろげていく。

ぽってりとした肉饅頭のように肥大化した陰唇だった。その狭間《はざま》にぬめぬめした肉孔が蠢いている。

二本の指をすべりこませると、途端にそれはイソギンチャクのように肉孔を閉じ、内へ内へと吸いこもうとする。

石塚はこの蕩けるような肉壺を自分のペニスで味わったことがない。それが悔しい。

(俺が不能でなかったら、この女をとことん悦ばせてやることができるのに)

そんな気持ちを見透かしたように、春絵が言った。

「お父ちゃん、エエ気持ちや……やって、入れてよ、お父ちゃんのを」

石塚はそれが、春絵の自分への復讐だということを知っている。

「どうしたん？　春絵は、もうグチョグチョや。お父ちゃんのブっといので、貫いて

ほしいわ。ねぇ、ねぇ、ちょうだい。ちょうだいよぉ」

春絵は妖しい目を向けて、豊艶な腰をくねらせる。

「どうしたん？　女はな、ここに男のものを入れてもらわなきゃ、満足できんのよ。わかるでしょ、お父ちゃん」

春絵は猫のように目尻の切れあがった双眸で、石塚を見すえる。こういうとき、春絵の瞳は加虐の悦びに輝いている。

「できないんだったら、触らないでよ」

つれなくされて、石塚は傷つく。深く、傷つく。

「わ、悪かったな」

「本心だか、どうだか」

「ほんとうだ。ほんとうに、お前には悪いことしたと思っとる」

「そう、そこまで言うなら、その証拠を見せてちょうだいな」

婉然と微笑み、春絵は足のバンデージを解いていく。羊の蹄のような、異様な形状が姿を現した。

「お父ちゃんの好きなものでしょ。お舐め！　さあ、思い切り舐めさせてあげる」

石塚を凝視する黒い瞳が、妖しい光芒《こうぼう》をたたえていた。

床に座った石塚は、投げ出された足を捧げもった。ゴクリと生唾を飲み、宝物を献上するように捧げもった纏足に鼻を近づける。

香粉とともにすえたような汗臭い刺激臭が鼻孔にしのびこみ、官能の中枢をくすぐった。

石塚は尖った爪先を鼻の穴に可能な限り突っこみ、濃密な芳香を吸いこむ。

「いつまでも、バカみたいに鼻を鳴らしてるんじゃないの！」

叱責されて、石塚はオロオロしながら、赤子が乳を吸うようにして、爪先を吸いはじめる。親指は原形をとどめているものの、他の足指は内側へ折り曲げられ、ミトンのように一緒になっている。

変質した皮膚と香料のまざった生々しい味が、口腔《こうこう》いっぱいに広がった。あふれでる唾液を、続けざまに嚥下《えんか》する。

かるく噛みながら、足の甲から踵、そして内側深く折れ曲がった土踏まずを、ぬめるほどにしゃぶり続けた。

土踏まずにある深い溝に中指をねじりこみ、なかに潜んでいる小指を探りあて、いじくりまわす。

まるで秘肉のなかをまさぐっているような錯覚をおぼえて、するほうもされるほうも、次第に息づかいが乱れて肌が紅潮してくる。

「ふふっ、少しは硬くなった？」

目尻をほんのりと朱に染めた春絵が、もう片方の足で、ステテコ越しに石塚の股間を器用にまさぐった。しかし、男の分身は依然として柔らかいままで、いっこうに膨らむ気配がない。

「駄目ね、お父ちゃんは。この、役立たず！　いいわ、靴をはかせてちょうだい！」

春絵は傲慢に言い放って、義父を蹴りつけた。

3

石塚は卑屈な笑みを浮かべながら、弓鞋《きゆうあい》と呼ばれる専用の布靴を手にした。素足に密着させておいて、甲を紐で縛りあげる。

踵に靴ベラが装着してあり、ソールは硬い柳の木でできている。布全体には黒アゲハが数頭舞う姿が、金糸銀糸で鮮やかに刺繍されていた。

石塚が華僑から大金をはたいて手に入れた本場の弓鞋であった。妖美な靴は黒いシユミーズ姿の春絵によく似合った。

春絵は麝香《じゃこう》に似た匂いを放つ麝香アゲハに乗って、飛び立とうとしている女神のようだ。

自分の元から飛び立ってほしくない。そんな気持ちをこめて、石塚は「ああ、春絵」と弓鞋に頬を擦りつける。

「なれなれしく、せんといて！」

春絵が石塚を蹴りあげた。ぶざまに転がり床に仰向けになった石塚のステテコ姿を春絵は跨ぐ。不安定だが、それでもスッと立っている。

「踏んでほしいんでしょ。えっ、どう？」

石塚は無言のままだ。だが、湧きあがる悦びを隠すことができない。

「はっきりしなよ、役立たずのくせに！」

言葉が終わらないうちに、硬い木の底が下腹部を踏みつけてくる。

「おおぅ！」

硬いものでホーデンを圧迫される苦痛に耐えきれずに石塚は顔をしかめて呻く。それでも、春絵は容赦がない。さらに体重を乗せられて、

「ううぅ、くわッ！」

石塚はホーデンが押しつぶされるような激痛で、泣きわめく。大の大人が本気で号

泣している。

「このヘンタイ！　赤ん坊よりちっちゃいものなんか、こうしてやる！」

男手ひとつでここまで育てあげた女に罵倒されながらも、石塚は苦痛のなかに潜む倒錯の快感に全身を震わせている。

奥歯を食いしばりながら、黒いシュミーズの間に見え隠れする翳りとほの白い内腿を覗いている。黒アゲハの乱舞する布靴を、しっかりと網膜に灼《や》きつける。

「春絵、たのむ。見せてくれ」

断末魔の声をあげて哀願した。

春絵が生臭く微笑んだ。シュミーズをたくしあげて、白くほっそりした指を太腿の奥へと伸ばす。

三角に開いた一直線に伸びた驕慢な足の間に、肉の花が鮮やかに咲き誇っていた。

ぽってりと発達した肉びらを、細い指が縦横無尽に這いまわり、こねる。妖しいばかりに開いた肉薗を引っ張り、内部のぬめりを掻きまわしている。

「オシッコを、お前の小便をくれ！」

石塚は差し迫った欲望を訴える。

「お父ちゃん、そんなに娘のオシッコが飲みたいんか？」

「ああ、飲ませてくれ」
「ヘンタイや、お父ちゃん、ヘンタイや」

春絵は腰を落として、石塚の顔に跨がった。しゃがみこんだ姿勢で恥肉をかきまわす。石塚は目の前で、ぼってりとした肉厚の肉びらが変形し、指が肉孔に抽送されるのを興奮した眼差しで見ている。

「あぁ、いやっ。お父ちゃん、イッちゃう。春絵をどうにかして……あううン」

春絵は最後に絶頂の声をあげて、顎を突きあげた。

指が花肉から抜き取られた瞬間、尿道口が膨れあがった。そして、プップップッと黄金色に輝く小水がほとばしった。

黄色い液体は光を反射させて落下し、石塚の大きく開いた口腔に注ぎ込まれた。溜まった湖に小水が落ちて跳ね、ポチョポチョと水音をたてる。

石塚は喉仏を必死に上下させて、生温い聖水を飲んだ。それは石塚にとって、ギリシアの神々が不老不死を願って飲んだネクタールに等しい命の水だった。

頭のなかでは勃起し、射精していた。だが、石塚の下半身はピクリともしないのだった。

## 4

石塚はいつしか天井裏に潜み、春絵が客を取る姿を盗み見ることを、楽しみのひとつに数えるようになっていた。

今日の客は北村《きたむら》というヤクザで、その筋の者からは「人斬《ひとき》り五郎《ごろう》」と呼ばれて恐れられている極道だ。縄張りを巡る抗争で、対立する組の幹部に重傷を負わせ、最近、刑務所から出てきたばかりだという。

その北村がこのところ三日にあげず通いつめている。しかも、春絵のほうもどうも北村に惚れているらしく、北村が来るとなると、急にそわそわしはじめて、念入りに化粧をする。

石塚はどうにも気になって、天井に上がった。北村との情事を覗くのは初めてだった。天井裏で息を殺してうかがっていると、北村がシャツを脱ぎはじめた。

現れた背中を見て、仰天した。肩から背中にかけて、刺青《いれずみ》が彫られていた。ヤクザだから、刺青を彫っていても不思議ではない。驚いたのは、その図柄だった。

極彩色の光沢を放つ刺青に彩られた背中には、見事な緋牡丹《ひぼたん》の花が咲いていた。普通、極道の背中には、豪傑だとか昇り竜などの勇ましい図柄が彫られているものだが、この男の肌には鮮やかな緋牡丹が咲いていた。しかもその艶やかな図柄がこの美男にはよく似合った。

北村はどちらかというと優男だった。なのに、殺気のようなものをまとっている。生まれつきのテロリストなのだろう。

春絵がこの男に惚れたのもわかる。女は甘い匂いのする殺人者には惹かれるものだ。だからこそ、石塚は心配でたまらない。

石塚は節目の覗き穴に目を近づけて、眼下で繰り広げられる光景に見入った。裸になった北村が、春絵の前に胡座《あぐら》をかいた。それを待ちわびていたように春絵は男の背中に頬を擦りつけた。

醜い足を見せるのが嫌なのか、弓鞋をはいている。その弓鞋に縫い込まれた黒アゲハの刺繍、しかも黒のシュミーズをつけていることもあって、まるで緋牡丹に黒アゲハがとまり蜜を吸っているようだ。

お似合いの二人だった。石塚はチリチリと胸が灼けるような嫉妬を感じた。

やがて、春絵は前にまわった。しゃがみこむようにして男のリュウとした太棹をしゃぶりはじめた。北村の肉茎は、真珠でも埋めこまれているのか、瘤《こぶ》のような肉塊が随所に隆起した長大なものであった。

(あんなものが、春絵のあそこに……?)

想像しただけで、石塚は目眩《めまい》を覚えた。

春絵は丹念に肉の棒を舐めていた。さらさらと垂れおちる黒髪を指で梳きあげて、耳の上に束ね、執拗に舌を肉棹にまとわりつかせる。そうしながら、北村の太腿や腹を愛しそうに撫でている。

(俺もああして、舐められたいものだ。さぞかし気持ちがいいことだろう)

下半身が言うことを聞いてくれたらと願わずにはいられない。絵に描いたような美男美女の尺八を、自分がされているような気持ちになって、うっとりと眺める。

やがて二人は合い舐めの格好になった。春絵は肉柱を咥《くわ》えこんだ口の隙間から、すすり泣くような喘ぎを洩らしながら、尻たぶを物欲しげにくねらせる。

(いやらしく腰を揺すって……そんなに気持ちがいいのか!)

石塚は嫉妬の裏に潜む倒錯的な悦びにひたりながらも、春絵を叱責する。

天井裏で窃視を続けるうちに、自分のなかに奇妙な興奮が生まれることに気づいていた。

北村が細い紐のようなものを手にした。梱包用の細引の麻縄だった。黒ずんだ色艶をしている。相当使いこまれているらしい。

北村は春絵の手を背中にねじりあげて、後ろ手に縛った。さらには、細引を胸の上下にまわして、乳房を絞りあげた。

（この男、加虐の趣味があるのか？）

おそらく根っからのサディストなのだろう。そうでなければ、人をあやめることなどできない。

石塚がなおも様子をうかがっていると、北村がシュミーズの肩紐を外して、黒い下着を胸の下まで引きさげた。雪のように白い乳房が姿を現した。上と下のすそ野に縄掛けされて、いびつにくびりだされた乳房が妙に色っぽい。

北村は背後から縄掛けされた乳房を揉みしだきながら、耳元で何やら囁《ささや》いた。いったい何を告げたのか、

「いやッ、それは後から。その前にちょうだい。ちょうだいな」

春絵が駄々をこねるように言って、腰を揺らめかした。

北村が春絵を布団に這わせた。シュミーズの裾をめくりあげ、乳白色のお尻を剝き出しにする。手首をくくった縄を持って、後ろから貫いた。

春絵が艶っぽく喘いで、背中を弓なりに反らせる。

瘤だらけのおぞましい肉棒が、春絵の肉路に出たり入ったりするさまが、真上から見えた。

（おい、こらッ。お前が犯しているのは俺が精魂込めて作り上げた芸術品だぞ。少しは私に感謝したらどうだ）

歯軋《はぎし》りしていると、北村が言った。

「どうだ、オメエの父ちゃんとは、較《くら》べものにならんやろ？」

自分のことを言われて、石塚はギクリとする。

「そうよ……あいつのは、赤ん坊みたいにちっちゃいのよ。男じゃないの……あいつのことはいいの。だから、もっと春絵をかわいがってちょうだい。ねえ、ねえ……」

春絵が腰を揺すりながら言う。

石塚は怒りを通り越して、爽快感さえ感じていた。春絵の言うとおりなのだ。ここまで糞味噌に言われると、かえって気持ちがいい。

北村が体位を変えた。正面から挑みかかり、春絵の足を肩に担いだ。のしかかるようにして、肉茎を打ち込む。纏足を包んだ布靴の裏が天井に潜む石塚に向かって、高々と持ちあがっている。

性の昂《たかぶ》りを露《あらわ》にした春絵の声が、次第に波打つように大きく聞こえてくる。

十七年の間、わが子同様、手塩にかけて育ててきた春絵が、今、こうして男に組み敷かれ、よがり声をあげている。それを盗み見して、興奮している自分はいったい何者なのか？

石塚は自分が惨めでしょうがない。だが、自己憐憫《じこれんびん》さえも今の石塚にとっては快感になる。

「おおぅ、春絵！」

「五郎さん、一緒に……ああンン、はぅーン」

男の唸り声とともに、春絵の絶頂を告げる声が石塚の耳に響く。

春絵もここまで獣になるのか……だが、頭の芯が痺れたような恍惚感に全身が麻痺している。

いったいどのくらいの時が流れたのか、春絵の声が石塚の理性を呼び覚ました。

「この前のことだけれど、考えておいてもらえた？」

縄を解かれた春絵が、男の汗でぬめる背中の刺青を指でなぞっている。

「ああ、あんな耄碌《もうろく》ジジイ、赤子の手を捻《ひね》るようなもんや。まかせとけって」

北村が顔を上げて言った。

(どういうことだ？　こいつら何を言ってる)

石塚はもっとよく聞こうとして、耳を天井板に密着させた。

「あいつ、今度の日曜日、釣りに出かけるのよ」

「わかってるって。気イ、失わせといて、池へドボンや。そうすりゃ、釣りやっとって、誤って池へ落ちたってことになるやろ」

「あいつが死んだら、私たち、一緒になれるわね」

春絵が寄り添う。

「ああ……」

「あんな奴、生きてる価値なんかないのよ。いやらしい寄生虫なのよ」

「わかっとるって」

北村が春絵を抱いて接吻するのを見ながら、石塚は体の震えが止まらないのだった。

（そうだったのか、春絵はこの男を利用して俺を殺す気だったのか！）

石塚は今、はっきりとわかった。春絵の自分への憎しみが、愛情よりもはるかに上回っていることを。ここまで育ててきた恩など、春絵は感じてはいないのだ。あるのはただ不具同然にされた憎しみだけ。

ショックで体が金縛りになったように動かなかった。が、その衝撃が過ぎると、春絵の洩らした言葉が胸にしみわたった。

（そうなのだ。俺は自分の力では生きられない、春絵の身体に巣くう寄生虫なのだ。生きている意味などないのかもしれない）

そう考えると、今度は殺されることが、何やら快感に思えてくる。しかし、どうせこの世とおさらばするなら、このヤクザではなく、せめて春絵の手で絞め殺されたいものだ。

「春絵、その足、見せてくれよ」

北村が、春絵の足をつかんだ。

「ふふっ、そんなに見たいの？」

「ああ、怖いもの見たさってやつだ」

「後で。あいつを殺した後で」

「やけに、気を持たせるじゃねえか」

「だって、今、嫌われると困るもの」

春絵はそう言って、背中の緋牡丹に頬をすり寄せた。

5

日曜の朝、石塚が釣糸を垂れていると北村がやってきた。

体力差から考えて、北村なら一気にカタを付けることができたはずだ。だが、北村は石塚を甘く見ていたのか、「偶然やねぇ、オジサン」と隣に腰をおろした。

石塚は、「ちょっと、釣ってみますか」と北村に釣竿を渡した。この池には放流された鯉《こい》がいて、素人でも釣れるはずだった。

十五分ほどで、浮きが激しく引きこまれ、北村は夢中で竿を上げにかかった。どんな男でもこの瞬間は隙ができる。

「おおッ、大きいぞ」

水面から上がりかけた鯉に気を奪われたそのとき、石塚はつかんでいた石を北村の後頭部めがけて打ちおろした。ガツッという鈍い音がして、鮮血が飛び散った。

白目を剝いて倒れた北村の頭部に向かって二度、三度と石を振り降ろした。

完全に息絶えたことを確認してから死体を引きずって、近くの草むらに隠した。池に落としてしまえばすぐに発見されることはないだろうが、それでは時間がたちすぎる。

（お前が悪いんだぞ。お前の手にかかってもいいとまで考えていた。しかし、お前は油断した。私を耄碌ジジイと思って手を抜いた。それが運の尽きだったな）

石塚が家に帰ると、春絵がギョッとしたような表情をした。それから、シュミーズ姿のまま車椅子を自分で動かして、池のほうにすっ飛んでいった。

石塚は北村を殴ったときに返り血を浴びた上着を、わざと洗濯物置場に置いた。春絵に発見させるためである。

すべての準備を終えて、石塚は寝床に入った。そして、ひたすら春絵がやってくるのを願った。

（春絵、来い！　私を殺しに来い！）

もたもたしていると、警察の手が伸びてくる恐れがあった。その前に、春絵に殺してほしかった。

一時間ほど経過しただろうか、階段を昇ってくる足音が聞こえた。纏足独特のリズムだ。石塚にはそれが自分が絞首台を昇っていく足音に聞こえる。

石塚は身構え、寝たふりをする。襖《ふすま》がすべる音がして、足音が近づいてくる。

春絵の喘ぐような息づかいが、間近に迫った。

顔を覗き込んでいるのだろう。息づかいがせわしなくなったり、静かになったりする。夾竹桃《きょうちくとう》に似た甘い息の匂いが、纏足にふりまかれた香蓮散の濃密な芳香とともに、横たわった石塚を包み込んだ。

（やれ、やってくれ！）

思いが通じたのか、春絵の声が降りかかる。

「お父ちゃん、あんたやね。あんたが、北村さんを殺したんやね」

石塚は目を開けて、言い放った。

「ああ、そうや。殴ったとき、やつの頭蓋骨が砕ける音がした。いい音やった」

春絵の鬼気せまる顔が、間近にあった。まるで修羅だった。

「殺してやる。あんたみたいな役立たずはこうしてやる」

春絵は両手の指を開いて、石塚の首に押しあてた。首にまわされた指に、徐々に力がこもる。春絵が全体重をかけて、締めつけてきた。喉仏が押しつぶされるような苦痛に、カッと目を見開いた。

「くえぇぇぇ……」

額に血管を浮きあがらせて、石塚は呻いていた。潰された気管から必死に空気を吸おうとして、壊れた笛のような声を出す。

「殺してやる。殺してやる」

春絵はさらに力をこめようとして、馬乗りになった。下穿きははいていなかった。ヒンヤリした太腿と柔らかな恥毛が腹に触れる。

春絵は尻を浮かして、さらに体重をかけた。呼吸が止まり、脳への血の流れが途絶えた。

(このまま、死ねれば本望だ)

石塚は自分の死を思った。おぞましい闇が近づいてくる。その彼方《かなた》に白い光芒が見えた。

「死んで、お父ちゃん、早く、死んで！」

春絵は二本の親指に体重をかけて、喉笛を押しつぶそうとする。フーッと気が遠くなる。

どこかに昇っていくようなたゆたいのなかで、石塚は異常な感覚に気づいた。

これは何だ？

長い間忘れていたような気がする。下腹部が熱いような昂りに満ちている。

まさかと思いながら、下腹部を触った。ステテコを屹立が押しあげていた。

「お父ちゃん、どうして笑うの？　なんでや！」

春絵が不思議そうな顔で、石塚を見ていた。

石塚は春絵の手を取って、股間に持っていった。小指ほどの大きさしかなかった肉柱が、リュウとそびえたっていた。

春絵がびっくりしたように目を見開いた。その怯《おび》えたような表情が石塚に自分が男であることを思い出させた。石塚はゼイゼイと喉を鳴らしながらも、春絵を仰向けに押し倒した。

「あッ、何すんの」

弓鞋が跳ねあがり、縫い込まれた黒アゲハが舞った。シュミーズの裾がめくれて太腿の奥に翳りが覗く。

石塚はステテコを脱ぐ。分身が惚れぼれするような角度で屹立していた。

(戻ってきた、あの頃の感覚が戻ってきた)

春絵の足を開いて、腰を割りこませた。黒々とした繊毛が流れこむあたりに、一気に打ち込んだ。

(おおぅ、これが、長年求めていた春絵の女が潜む場所なのだ!)

皺の多い粘膜がぽってりと包み込んでくる。纏足によって発育した豊潤な膣肉が、畝を隆起させて分身に吸いついてくる。

（素晴らしいぞ。これが私の育てた女なのか！）

妖しい蠢きに誘われて、石塚は腰を打ちつける。この十年余りの悔しさをぶつけるように、まとわりつく肉襞を押しのける。するうちに、春絵の気配が変わった。

「ううン、ううン……あぁぁ、お父ちゃん……いやっ、いやよ、いや……」

口ではいやと言いながらも、春絵は腕を背中にまわして生臭い息を吐いた。

眉根を寄せたその表情を見ているうちに、石塚の脳裏には戦時中に犯した纏足少女の顔が浮かびあがった。あどけない顔に妖しい笑みをたたえて、最後には抱きついてきたあの美少女の姿が。

（そうか、そうだったのか）

今になって、はっきりとわかった。

私は纏足少女に殺されてしかるべきなのだ。そして、私は自分を殺させるために、春絵をここまで育ててきたのだ。

「春絵、首を締めてくれ。お前の恋人を殺した憎い男を、くびり殺せ」

春絵の手を取って、首に導いた。春絵は下から両手を伸ばして、石塚の首を締める。

「締めろ、もっと締めてくれ」

石塚は打ち込みを止めて、首を突き出す。春絵が呻きながら、指に力をこめた。

（悪かった。俺が悪かった）

痛切な懺悔の念とともに、気が遠くなった。酸欠状態の朦朧《もうろう》とした意識のなかでさえ、石塚の腰は何かに憑かれたように動いている。

「くぅぅぅ……！」

鳥のように鳴いて、石塚は爆《は》ぜた。二十年ぶりの射精は脳天にまで響きわたるような苛烈な快感に満ちていた。まるで精液とともに魂までが抜け出ていくようだった。

春絵が身体を入れ換えた。石塚を下にして、股ぐらに跨がった。

くなりくなりと腰を揺すった。すると、信じられないことに石塚のものは再び活力を取り戻したではないか。

「ふふっ、また大きくなったわ。どうなっとるんやろ、お父ちゃんのは」

春絵が嬉しそうに言って、上から見おろす。目尻の切れあがった目が輝いている。

「エエのか？　お父ちゃんを殺さんでエエんか？」

石塚はそう聞いていた。春絵は耳元に口を寄せてこう言った。

「しょうがないわ。あの人はもうおらんのやから。私にはできそうにもないわ……でも、いつかは、お父ちゃんを殺してやるわ……それが、望みなんやろ、お父ちゃんは。春絵はそのために生きることにするわ」

春絵は鳩のように喉の奥で笑うと、静かに腰を揺すりはじめた。

# 第四話　供養祭、または背徳の肉化粧

## 1

私が京都に迎井達吉《むかいたつきち》を訪ねたのは、秋も押し迫ってからのことだった。

私は女性ファッション誌の編集部員をしている。雑誌でマネキンの特集を組むことになり、迎井達吉の名前が挙がった。迎井は戦後のマネキン界をリードしてきた光彩《こうさい》工芸《こうげい》で、数々のヒット作を世に出したマネキン作家だった。一時、光彩工芸の社長をしていたが、八十二歳を迎えた今は一線を退き、悠々自適の生活を送っているはずだった。

私は迎井の取材を自分から買って出た。女子大を出て出版社に入社し、三年目を迎えたのだから、そろそろ責任のある仕事を任されていい頃だ。

それに、家が洋裁で身を立てていたこともあって、幼い頃からトルソーやマネキンに親しんできた。

当時、マネキンの材質は強化プラスチックに変わっていたが、家のマネキンはその一昔前に流行《はや》ったグラスファイバー製だった。母が祖母から受け継いだものだったからだ。

そして自宅に長い間佇《たたず》んでいたそのマネキンが、迎井達吉という高名なマネキン作家の手によるものだということを母から聞いたことがあった。そんな経緯《いきさつ》もあって、迎井達吉という男に興味を惹かれていた。

何度も電話を入れてようやくインタビューの承諾を取り付けた私は、カメラマンの梨木《なしき》君と二人でタクシーに乗り、京都の北、上賀茂《かみがも》にある迎井邸に向かった。

さんざん迷った挙げ句にようやく西方寺近くの迎井邸に到着したときは、すでに約束の時間を過ぎていた。

ひなびた日本庭園がある平屋造りの邸宅で二人を出迎えてくれたのは、まだ若い綺麗な女性だった。ただ美人というのではない。彫りの深い西欧的な顔をした女性は、すらりとして背が高く、その柔らかな物腰から来るものなのか、どこか静謐《せいひつ》な雰囲気を漂わせていた。

広々とした客間に通され、主《あるじ》が来るのを待っていると、カメラを横に置いた梨木が言った。

「今の彼女、見て、なんか思いません？」

「綺麗な人よね。迎井先生とどういう関係なのか、気になるわ」

「いや、そういうことじゃなくて……彼女、似てません？　真鍋《まなべ》さんに」

私は虚を衝《つ》かれて、一瞬口ごもった。真鍋杏子《きようこ》、それが私の名前だ。

そうか……彼女を見たときのデジャビュに似た感覚は、彼女が私と似ているからなのか。

「まさか、私は彼女ほど美人じゃないわよ。お世辞言ったって、何も出ないわよ」

「いやいや、杏子さんもなかなかですよ」

私が口ごもっていると雪見障子が開いて、背の低い着物姿の老人が入ってきた。

迎井達吉だった。八十を過ぎているのに矍鑠《かくしやく》としていた。目が合った瞬間、迎井の細い目が何かに驚いたように見開かれた。

が、それも一瞬で迎井はしっかりした足取りで部屋に入ると、上座に腰をおろした。

それから一時間余り、迎井達吉から光彩工芸の歴史とマネキンに対する思いを聞いた。迎井は意外にもよく喋《しゃべ》ってくれた。その確かな記憶力には驚かされた。

迎井は老人ボケとは無縁のようで、小さな事実までよく覚えていた。話が具体的で、細かい事実を固有名詞を交えて話されると、その光景が絵に描いたように脳裏に浮かんできた。

そして、迎井は今の「スーパーリアル・マネキン」に対しては批判的だった。

「あれはうちが開発したものだ。人が目を見開いたまま型を取る技法をうちが開発したからこそ可能なのだが、あれは邪道だ。本来のマネキンの姿ではない。そうだろう？　皮膚の皺や汗腺まで写し取ってしまう。しかも原宿《はらじゅく》とやらでスカウトしたごく普通の女を象《かたど》っている。美人すぎては困るんだ。リアリティとやらがなくなるらしい」

結局、それは迎井が主張してきた「人のコピーをするのをやめて、現実から遠ざかるほどに、マネキンは生き生きとしてくる」というマネキン観とは相容《あいい》れないものなのだろう。

「先生が唱えていらっしゃる、マネキンは人をコピーするものではないという主張は、抽象主義から来るのですか？」

私は聞いてみた。迎井はしばらく私の瞳の中を覗きこんでいたが、やがて口を開いた。

「あなたは、マネキン供養祭というのがあったことをご存じかな？」

「ええ。たしか御社がマネキンを供養するという目的で、昭和二十四年から三十二年までなされていましたね」

「そうだ。あれが私が変わるキッカケだった。実はそれまで、私はリアリズムの信奉者だった」

「先生が、ですか？」

「当時まだ私は駆け出しで美意識に自信がなかった。だから現実の女を模倣することでマネキンを作るしか方法がなかったのだ」

そのとき、迎井達吉の肉声を初めて聞いた気がした。私は迎井が語る話に、次第に引き込まれていった。

2

昭和二十四年、三十一歳の私はそれまでの功績を認められて二年前からマネキン作家の端くれを担っていた。京都の工芸大学を卒業したこともあり、あいつならできるだろうと期待をかけられていたのだ。

正直、私自身にも自分に対する期待があった。私の上には戦前からマネキンに携わっている三名の先輩作家がいた。私には彼らを超える自信があった。だが実際やってみて、経験が必要なことがわかった。彫像とは違ってマネキンは基本的に服を着せてナンボの世界だった。とくに顔の造形が難しかった。

私は焦った。そんなとき、カフェーで給仕をしている赤毛の女に恋をした。

彼女は須田伊知子《すだいちこ》と言って、色の白いヨーロッパ的な美貌の持主だった……どうかしたのかね？　表情が変わったようだが。そう、なんでもないのか。続けてもいいかね？

伊知子の両親はロシア革命を逃れて、日本に亡命してきた白系露人だった。伊知子は日本で生まれ、流暢な日本語を操っていた。ニコライ二世に仕えていた貴族の血を引いているだけあって、上流階級の匂いのするいい女だった。

当時独身だった私は、彼女に一目惚れした。一日も欠かさずにカフェーに通いつめた。珈琲《コーヒー》を飲みながら、彼女のエキゾチックな横顔や日本人離れした脚線美に見とれていたものだ。

だが私にはあまりにも高貴すぎる気がして、思いを告げることができなかった。心の中は告白できぬ掻痒感《そうよう》で一日も休まることがなかったのだが。

私はそんな自分の気持ちを表現する手段を見つけた。そう、あなたが思っている通り、私は伊知子のすべてをマネキンに封じ込めることにしたのだ。運がいいことに、当時のマネキンは欧州的なエキゾチックな顔とスタイルが受けていた。

私は原型作りに夢中になった。それこそ寝食を忘れて没頭した。当時はまだ強化プラスチックは開発されていなかった。グラスファイバー製マネキンの時代だ。元の塑像から石膏《せっこう》で雌型を取って、その内側に水に浸した楮製紙《ちょせいし》を張り込んでいく。今振返っても、あれは至福のときだった。型から外した部分を膠《にかわ》で繋《つな》ぎあわせ、磨いて地吹きをして彩色する。「伊知子」ができあがったときには、私は完成した喜びとともに、後ろめたいような気持ちになった。なぜかって？　あまりにもそれが伊知子に似ていたからだ。

私の名前を取ってMT－01と名付けられた「伊知子」は、おおむね好評だった。何百体と作られたその中から、私はできがいいのを密《ひそ》かに盗み出した。当時の金で何十万もするものだから、作者といえど貰《もら》い受けることなどできなかったんだ。

そして、私は……これ以降は雑誌には書かないでほしいのだが……私は「伊知子」と寝たのだ。もちろん生きている伊知子ではない、MT－01のほうとだ。

普段は「伊知子」は私の部屋で服を着て立っている。左手を腰にあてて、右手を下げたポーズで。私は彼女とよく話をした。

彼女は私の愚痴を黙って聞いてくれた。他愛のない話が多かったが、極東軍事裁判やフジヤマのトビウオ、古橋《ふるはし》の話なんかもしたな。

そして夜になると、私は彼女の服を一枚一枚丁寧に剝がすのだ。丹念に磨き上げられて地吹きされた「伊知子」の肌は、つやつやとした光沢に満ちて美しかった。生身の女よりはるかに綺麗だった。

私は壊さないように慎重に「伊知子」を布団に寝かせた。オッパイには乳首の彩色はされていなかった。が、そののっぺりした乳房に頬を寄せるとき、私は彼女の心臓の鼓動を聞いたような気がしたものだ。

そう、私は「伊知子」に恋をしていたのだ。

彼女は独特の世界を持っていた。生身の女に似せたものではあるが、死の静寂を抱えていた。「伊知子」は、吸い込まれるような危うさに満ちていた。その後で私が「伊知子」に何をしたかは、あなたのご想像にお任せしよう。

どうした、気分でも悪いのかね……？

そして、ＭＴ－０１が発売された一年後、昭和二十四年の夏に一回目のマネキン供養祭が行われた。そこには当然、「伊知子」の姿もあった。いくら評判が良くても壊れてしまったマネキンは使えないからな。私は供養祭に、須田伊知子を呼んだ。なぜそんなことをしたのかって？　私にもいまだにわからないのだよ。悪魔に魅入られたのだろうな。

伊知子は私が本人そっくりのマネキンを作ったことに気づいていないようだった。当時まだマネキンは希少品で彼女の目には触れるようなものではなかったからだ。彼女はなぜ自分がマネキン供養祭などという珍妙なものに呼ばれたのかわかっていなかった。もちろん私たちはときどき、デートらしきものはしていたが、彼女は私のことを恋人とは考えていなかった。毎日のように顔を合わせるマネキン作家の常連客に付き合わされているくらいにしか考えていなかっただろう。

本社前の広場に井桁が組まれ、供物が捧げられた。社長が挨拶をして、祝詞《のりと》が唱えられる。それから小坊主に扮した従業員が、一体ずつマネキンを肩に担いで運んできた。井桁の中にマネキンを入れて、火をつける。楮製紙でできているから、よく燃えるんだ。

私は伊知子と肩を並べてマネキンが荼毘《だび》にふされるのを眺めていた。四体目に小坊主が私のマネキンを運んできた。私は今でも、そのときの伊知子の表情を思い出すよ。

彼女にはそれが、自分を模して作られた人形であることがすぐにわかったようだった。

何しろ、彼女にうりふたつだったからな。

伊知子は私を見た。白皙《はくせき》の顔がいっそう血の気を失い、青い目が何かを訴えていた。

迎井さんの……？

絞りだすような声に、私は頷《うなず》いていた。

伊知子はふたたび視線をマネキンに戻した。

井桁の前に置かれた「伊知子」を見て、胸が痛んだ。太腿のところでくっきりした接合面を見せる裸体の「伊知子」はどこか寒々として、悲しげだった。まるでこんなに多くの観客に無防備に裸体をさらしていることを恥じているようでもあり、これから自分が受ける焼却の宿命に不条理さを感じているようでもあった。

横にいた伊知子が私の肘を強くつかんだ。その指の震えを感じたとき、私は彼女をここに呼んだことを悔いた。

なんて馬鹿なことをしたのか……自分を責めた。だが、その一方で加虐的な感情の高まりを感じていたのも事実だった。

参列者たちが次々と焼香していた。読経が唱えられるなか、小坊主に扮した男が私のマネキンを抱えて、井桁の中に横たえた。ドスッと音がして一瞬、火の粉が舞いあがった。それからすぐに「伊知子」は燃え盛っている炎に巻かれた。

だが、彼女は死への抵抗をしていたんだろうな。すぐには燃えなかった。炎が蛇の舌のようにチロチロと「伊知子」を這うのが見えた。

黒い煙が上がっていた。着色料や膠が焦げる異臭がいっそう強まった。

私は隣の伊知子を見た。伊知子は顔を伏せていた。自分が焼かれているように感じていたのだろう。だが、伊知子はしばらくすると顔を上げた。そして、沈痛な表情で炎に見え隠れするもうひとりの自分の姿を眺めていた。

やがて、MT－01から炎が上がった。それは高熱に耐えきれなくなったのか、ボディの内部から火を吹いているようだった。

もう伊知子は目を閉じることをしなかった。私は彼女の青い瞳に、燃え盛る炎が踊っているのを見た。伊知子は自分が燃えていく姿を見ながら、私の腕を痛いほどに強く握りしめていた。

3

その夜、いや正確に言えば、供養祭が終わってからすぐに私は伊知子と寝た。本来なら式典の後に供養の宴《うたげ》があって、そこで私は関係者と酒を飲み交わす予定になっていた。

だが私には伊知子が私を求めているのがわかった。女が男を欲しがっているのは気配でわかるものだ。違うかね？

彼女を自分のアパートに連れていった。そこにはマネキンの「伊知子」がいた。本物の伊知子は自分をモデルに作られた人形をじっと眺めて言った。

「これが、私なのね」

「ああ、あなたそのものじゃないが、僕の中ではこうなる」

「そう……私、こういうふうに映っているのね。迎井さん、どうして私をモデルになさったの？」

綺麗な日本語を操って、じっと私を見た。

「あなたにはわかっているはずだ」

私が答えると、彼女は薄く微笑んだ。それから、「伊知子」の横に立って腰に手をあてて同じポーズをした。

「どちらがいい？　私、それとも彼女？」

私は答えるかわりに、伊知子を抱きしめた。彼女は大柄な肢体を悶えさせながら、耳元で囁《ささや》いた。

「ひどい人……私を焼くなんて。私、自分が焼かれている気持ちだった。熱かった。苦しかった。ひどい人ね、迎井さんは……ひどい人」

伊知子は喘ぐように言って、私の腕の中で身体をくねらせた。息づかいが妖しかった。

それまで伊知子は私と手を繋いだこともなかったし、他の男性とも交渉はなかったはずだった。その彼女の変貌ぶりに私は驚いた。

何が伊知子をこうさせるのか……？

だがそれを深く考える余裕など当時の私にはなかっただろう。何しろ腕の中で身悶える伊知子の肉の感触に私は舞いあがっていたからな。

接吻した。伊知子の唇がひどく柔らかかったことを覚えている。ぎこちないキスだった。しかし、伊知子は私の拙い接吻に身悶えして応えた。私はそのとき、キスなど学ばなくても本能でできることを知った。

私は伊知子が着ていたツーピースを脱がして、彼女を万年床に横たえた。シュミーズを白い肌にまとわりつかせた伊知子は、まさに夢のように悩ましかった。

後でわかったのだが、やはり伊知子は処女だった。ロシア人の血が流れる裸身は青白く輝き、肌は静脈が透けだすほどに薄く張りつめていた。

どんな芸術家でも出せない首筋のラインに沿って、接吻の雨を降らせ、張ち切れんばかりに白く膨らんだ丸々とした乳房にキスをした。中心部に桜色の乳首がせりだしているのを見て私は違和感を覚えたものだ。「伊知子」にはないものだったから。

私は彼女の口から、低い喘ぎ声が洩れるのを聞いて勇気づけられた。木綿の下穿きを引き下ろして、恥毛に触れた。髪と同じ茶色に輝く繊毛の下では熱い泉がこんこんとあふれていた。

指が火傷《やけど》するんじゃないかと思うくらいに、伊知子のそれは滾《たぎ》り、指に吸いついてきた。私の指は陰茎と化して、そのぬらつきをまさぐった。

肉蘭の萼《がく》をいじると、伊知子はたまらないといったふうに腰をうねらせた。それほど伊知子の身体は燃え盛っていた。

それから私は伊知子と度々身体を合わせたが、あのときほど伊知子が欲望を露《あらわ》にしたことはなかったから、やはりその日は伊知子にとって特別だったのだろう。

私はせかされるようにして、伊知子と身体を合わせた。

繋がった瞬間伊知子は辛かったのだろう、苦痛に顔をゆがめた。私は長年の夢が叶《かな》った幸福に舞いあがりながら、夢中で腰をつかった。やがて、窮屈なだけだった肉路が反応を始め、私のアレに粘りついてきた。

私は途中下車しそうになるのを懸命にこらえた。伊知子を喜ばせてやりたかった。

伊知子は少しずつ律動に応えはじめていた。

そして私は情欲の炎にとらえられながらもどこか冷静で、一糸まとわぬ伊知子を観察していた。乳房は私の「伊知子」より大きく張っていた。腰回りも太かった。生身の女だからだ。私は正直言って、少し違和感を覚えた。だが、それを補って余りあるほどに伊知子は生々しく、生の息吹《いぶき》を裸身のいたるところに宿していた。

青い静脈が透け出る乳房はあくまでも柔らかく、揉むたびに指を押し返してきた。しっとりと汗ばみ、指にまとわりついてくる餅のような感触は「伊知子」では味わえないものだった。私は思った。やはりマネキンはマネキンでしかない。生身の女には勝てないと。

伊知子は徐々に大胆になった。両手を私の肩にまわして、引き寄せた。しがみついて耳元でこう言った。

「私、焼かれている。炎が私を包んでいる。怖いわ、私、怖い……」

私は伊知子の網膜には、先ほどの供養祭の映像が灼《や》きついているのだと思った。伊知子は焼かれる自分を見ているのだと。

私は一気呵成《いっきかせい》に伊知子を追い込んだ。悲鳴のような伊知子の声を聞きながら、私もあの炎を見ていた。二人はあの井桁の中にいた。そして業火に焼かれているのだった。しばらくすると、紅蓮《ぐれん》の炎が私たちを焼き尽くした。

これで終わりかと思っているね。

ところがそうじゃなかった。私は伊知子に結婚を申し込んだ。伊知子は承諾してくれた。両親がマネキン作者である私の職業に懸念を覚えて反対したが、私は両親の元に通いつめ、自分の職業がいかに将来性があるものかを説いて、二人の結婚を許してもらったのだ。

翌月に祝言を控えた底冷えのする夜、私は伊知子をアパートに呼んでいた。だがどうしても仕事が片づかなくて残業になった。

深夜、新しいマネキンの型作りを終えた私はアパートに急いで帰った。驚いた。アパートの前には何台もの消防車が停《と》まっていて、多くの人が駆けずりまわっていた。

そして、木造のアパートは黒々とした残骸に変わっていた。いまだブスブスと熾火《おきび》がくすぶり続ける廃墟の前で、私は茫然《ぼうぜん》と立ち尽くすことしかできなかった。そして、私の部屋からは、逃げ遅れた伊知子の焼死体が発見された。多分、伊知子は私を待ち疲れて眠ってしまっていたのだろう。

出火の原因は警察でもはっきりとはつかめなかったようだった。だがしばらくして、私の脳裏にはいやな考えが住み着いて離れなくなった。

供養祭で「伊知子」は紅蓮の炎に包まれていた。そして、伊知子も焼死した。私の部屋にはまだ「伊知子」がいた。最近は相手にされることもなく寂しげに佇んでいた。私が伊知子と肉体の契りを交わすとき、「伊知子」はどんな気持ちで二人を見守っていたのか？

私は尋常でない考えにとり憑《つ》かれた。「伊知子」が私たちに嫉妬したのではないか。

嫉妬の炎で、伊知子を焼き殺したのではないか。

そんなことはありえない。動くことのできないマネキンに何ができるというのか？

私は頭にこびりついて離れないその考えを懸命に否定した。そして固く誓ったのだ。

誰かをモデルにしたマネキンはもう絶対に作らないと。

## 4

迎井達吉が話を終えたとき、私は震えていた。彼のマネキンと女の異常な物語そのものに震えたのではない。

迎井の話に登場した須田伊知子は私の祖母の姉だったからだ。

私の祖母は須田万里亜《まりあ》という。その姉が須田伊知子だった。祖母からは姉が焼死したという話を聞かされていた。

私にもロシア人の血が流れていた。顔つきがヨーロッパ的で髪が茶色がかっているのはそのためだった。周りには言っていないので、皆、気づいていないが。

迎井の話を聞きながら途中で私は何度も、あなたが愛した女は私の祖母の姉だったという事実を告げようとした。しかし、私は出かかった言葉を呑み込んだ。この事実を迎井が知ったところで、それでどうなるものでもない。かえって迎井を苦しめるだけなのではないか……そう思ったからだ。

私はそこで取材を切りあげた。私も迎井もこれ以上話せる状態ではなかった。

梨木は明日早くから仕事があるとかで、新幹線で帰京した。私は京都駅の近くのホテルに一泊する予定だった。翌日、光彩工芸の取材をしてから帰るスケジュールになっていた。

ホテルに到着しても、先ほど聞いた話が片時も頭を離れなかった。祖母の姉があの老人と異常なロマンスを体験していたのだ。私の身体に脈打っている須田家の血が、妙な具合に騒ぎだしていた。

ホテルの部屋で何もできずにボゥとしていると携帯電話が鳴った。迎井達吉からだった。迎井には今夜は京都に泊まると言ってあった。

お休みのところ申し訳ないが、今から来てくれないか。食事を一緒にしたい。迎えの車をやらせるから、それに乗ってくれ……電話の向こうで迎井はあくまでも強硬だった。

「わかりました。おうかがいさせていただきます」

私はそう答えていた。本来なら取材した側が接待を受けるなどもっての外だ。むしろその逆をしなければいけないのだから。

しかし、私は受けた。受けなければいけないような気がしていた。

二時間後、私はふたたび迎井邸の座敷に腰をおろしていた。近くの料亭から取り寄せた孔雀の形に盛られたフグの刺身を口に運び、瑛子《えいこ》さん（私たちを出迎えた美人は堤《つつみ》瑛子と言って、迎井の身の回りの世話をしているらしかった）のお酌で日本酒を口にしているうちに、私は酔いを感じた。酔いに任せて、私はあのことを口にした。

「先生、じつは私はロシア人とのクォーターなんです」

そう切り出して、迎井の顔を見た。迎井は驚くかわりに静かに頷いた。

「私の祖母は須田万里亜と言います。そしてその姉が……」

「わかっている」

迎井は酔いで赤くなった目で、私を正面から見つめた。

「……わかって、いらしたんですか？」

迎井は顎を引くようにして頷くと、一枚の写真を取り出した。セピア色の写真の中で、祖母とまだ小さな私が微笑んでいた。

「どうして、これを？」

迎井が静かに話しだした。

それによると、伊知子の焼死事件があってしばらくして、須田一家は仕事の関係で東京へ移ったのだが、迎井は結婚の約束までした家族が他人とは思えず、何かと世話をしたらしい。

はっきりとは口には出さなかったが、祖母が縫製業で身を立てることができたのも、迎井が仕事の斡旋をしたためだったらしい。高名なマネキン作家となれば、百貨店や問屋、専門店にも口利きをすることは可能だったはずだ。

「隠居してからは、連絡するのが億劫になってね……そこにきみのほうから飛び込んできた。電話で真鍋杏子という名前を聞いたときは驚いた。正直、きみと会うまでは半信半疑だった。だがきみを見て、すぐにわかった。伊知子にうりふたつだ」

そう言って迎井は、目を細めた。老人の瞳の中に情欲の光を見いだしたとき、私は見てはいけないものを見てしまった気がした。

瑛子さんが新しい冷酒を私のコップに注いだ。楚々とした横顔を見たとき梨木君の言葉が脳裏に甦《よみがえ》った。

――あの人、真鍋さんに似てますね。

私の中でもつれていた糸がほぐれた。迎井はまだ伊知子を愛しているのだ。だから、瑛子さんを……瑛子さんは私に似ているのではなく、伊知子に似ていたのだ。

ということは、つまり迎井は私のことを……。

私は急にこの場にいることが気まずくなった。

「きみは、宿命というのを信じるかね？」

迎井が言った。

「宿命ですか……？　あまり考えたことはありません」

「そうか……今はどうだ？　今、きみは宿命を感じないか？」

「いえ、感じません」

迎井が何を考えているかはわかった。だが私には東京に帰れば婚約者がいる。長年培ってきたつつましい日常を、この出会いによって壊したくなかった。私は瑛子さんにはなりたくないし、またなれない。

緊張で喉が渇いた。私は冷酒で喉を潤した。そのとき頭の中がグラッと揺れた。酔っているのだと思った。そろそろ退散する時が迫っているようだ。立ち上がろうとした。立てなかった。腰がストンと落ちた。

私はみっともなく座布団に顔を伏せた。瞼《まぶた》が急に重くなり、開けていられなくなった。深い闇がフーッと私を誘いこんだ。

## 5

どのくらいの時間が経過したのだろうか、深い闇の抱擁から逃れようともがき苦しみながら目を開けた私は、奇妙なものが顔に張りついているのに気づいた。

表面がツルツルした柔らかいゴムのようなものが、ぴったりと顔面を覆っていた。まだ夢の続きかと思った。

顔に張りついているものを確かめようとして手を伸ばした。マスクらしかった。おそらくシリコンゴム製だろう。

マスクには目と鼻孔の位置に小さな孔《あな》が開いていた。目のところに開いた孔から自分の姿が見えた。何も着ていなかった。恥毛までが見える。私は生まれたままの姿でベッドに寝かされていた。

起き上がろうとしたが、身体が麻痺していて動けなかった。あの冷酒だ。きっと、睡眠薬に似たものが混入されていたのだろう。

（迎井は最初から私を……）

急に怖くなった。麻痺した身体を懸命に動かした。

そのとき何か呻くような声がした。男の声だ。声の方角に顔を向けた。狭められた視界に飛び込んできたものを、最初はそれが何か認識できなかった。

やがて、その物体が何かわかった。痩せこけた老人の裸がうごめいていた。迎井達吉だった。

（ああ、なんてことなの！）

迎井が何をしているのかを理解したとき、私はショックで気が遠くなりかけた。

迎井は骨と皮だけの尖った尻を規則的に動かしていた。その下には、肌色のマネキンのようなものが右手を肘から曲げ、足を大きく開いたポーズで仰向けに寝かされていた。迎井の浅黒いペニスが無毛のマネキンの股間に出たり入ったりしている。

（マネキンとセックス……）

迎井に組み敷かれてペニスを受け入れているそれは、全身均一な肌色の光沢を持ち、少しも動かない。だが、マネキンにしてはどこかおかしい。あんなに足を開いたポーズのマネキンなどあるだろうか？

（ダッチワイフ、まさか？）

そのときマネキンの顔が動いた。ゆっくりと私のいるベッドのほうを向いた。思わず悲鳴をあげそうになった。

彼女は私だった。赤毛の髪の色こそ違うが、私にそっくりの顔をしている。だが表情がない。目も動いていない。

いや、違う。あれは私ではない。私がその遺伝子をまるまる引き継いでしまった女、須田伊知子なのだ。

その瞬間、私は目眩《めまい》に似た衝撃に打ちのめされた。こんな異常な方法で、伊知子を愛し続けている迎井達吉の妄執を思うと、背筋に寒けが走った。この老人の時間は伊知子が焼死した瞬間に、止まってしまったのだろうか？

「……ああ、先生」

「伊知子」の口から女の声が洩れた。そのハスキーな声には聞き覚えがあった。

瑛子さん……！

そう、このマネキンは堤瑛子なのだ。瑛子は身の回りの世話をしているだけではなかった。おそらくマスクを被《かぶ》り、全身にもマネキンの皮膚を模した化粧をして、迎井の性の相手を務めてきたのだろう。

もっと早く気づくべきだった……私は遅まきながらも堤瑛子と迎井の関係を知った。そして同時に私は気づいていた。自分が付けているマスクが「伊知子」であることを。迎井が私に何を求めているのかも。

「おおぅ、伊知子、私をお前の国に連れて行ってくれ」

迎井が唸るように言って、首筋にキスをした。顔面のマスクに接吻をしながら、肉が削《そ》げ落ちたシミだらけの尻を動かしている。

「いいわよ。来て、私の世界に来て……」

くぐもった声とともに、「伊知子」の白い喉がぐぐっと反った。顎の下部にマスクと人肌の境目があるのが見えた。肘のところで曲げられた動くことのない腕が、その指先がかすかに動いていた。

凄絶な光景を盗み見しながら、私は震えていた。老人が美しいマネキンに挑みかかっている。グロテスクだった。だが、老いていく生と永遠の若さを保つマネキンとの相剋は、私の心の奥底に潜む何かをかきたてずにはおかなかった。

「おおう、伊知子！　私を早く連れていってくれ」

迎井が唸るように下腹部を突き出した。マネキンの背中がわずかに浮きあがった。ふたつの乳房が揺れていた。化粧をされているのか、乳首は目立たない。マスクの下からくぐもった声が迸《ほとばし》った。

「いらして、いらして、早く」

（ああ、やめて！）

私は心の中で叫んでいた。

そのとき、マネキンが動きだした。「伊知子」の化粧された足が迎井の腰にからんだ。両手で迎井の腕をつかんで、腰を揺すりはじめた。マネキンが女の欲望を露にする姿に、私は猥褻《わいせつ》なエロスを感じた。

（見てはいけない……見ては）

目をそらそうとした。だが、おぞましい肉欲の光景からどうしても目が離せないのだった。

「伊知子」は変わらない表情のまま、徐々に顔を反らせた。顔の角度が上がるにつれて、私には「伊知子」が女の悦びに打ち震えているように感じられた。やがて、「伊知子」は迎井の肘から手を離して、絨毯をつかんだ。悩ましく腰を揺すりあげた。

「あぁぁ、迎井さん、一緒よ、一緒に」

「伊知子」が喘ぐように言った。迎井が腰の動きを速めた。呻いて顎を反らせた。それから、ぐったりとなって「伊知子」に体を預けた。

6

私は目を閉じた。今見たばかりの光景が瞼の裏に灼《や》きついていた。それは次第に炎に包まれていく。

きっと今見た光景と薬物のために私はおかしくなっていたのだろう。

私は幻想に侵されていた。

私は組まれた井桁の中で焼かれているのだった。揺らめく炎の向こうに人々の姿が見えた。妙な格好をした小坊主や神父や僧侶がいた。マネキン供養祭の光景だった。実際に体験したはずもないのに、その情景がはっきりと見えた。

小坊主の好奇心に満ちた顔、読経をする男のくそ真面目な表情……そして、人垣の一角に若い頃の迎井達吉と須田伊知子がいた。悪魔にとり憑《つ》かれたような顔をした迎井が、眉を顰《ひそ》める伊知子の肩を抱いていた。

（熱い、熱いわ……死んでしまう！）

私は火傷するような熱を感じた。焼かれる恐怖に怯《おび》えて助けを求めた。そのとき、人が近づいてくる気配がした。目を閉じているのに、それが迎井であることがわかった。

夢とも現実ともつかない奇妙な世界の中で私は動けなかった。いや、私はマネキンだから動いてはいけないのだ。

「綺麗だ。まるで、死者の国からの遣いのようだ」

迎井の声がした。荒い息が身体にかかった。湿った指が肩のラインをなぞりはじめた。慈しむように徘徊《はいかい》した指が乳房にたどりつく。膨らみの表面をなぞられると、私の中でおぞましい旋律が音をたてた。

「やはり、ここは化粧しなくちゃいかんな」

迎井の指が乳房に触れた。死人のように冷たい指が、頂《いただき》の蕾をねじりあげた。

＊この章の執筆にあたり、「七彩工芸H・P　http://www.nanasai.co.jp」より「七彩マネキン物語」を参考にさせていただきました。

# 第五話　ポワント、または淫欲をそそるトウシューズ

## プロローグ

（これが、あの矢沢有香《やざわゆか》なのか。信じられない）

招待席で私は舞台上で「ジゼル」を踊る日本人のプリマを眺めて、拳を握りしめていた。

英国Rバレエ団の日本公演で、ジゼルを踊っているのは、矢沢有香であった。第一幕の最後に、恋人のアルブレヒトが身分を偽り、婚約者がいることを知ったジゼルが、男の裏切りを呪いながら狂乱のうちに息たえる。

今、有香はその見せ場とも言うべきシーンを踊っていた。楽しかった日々をたどる

その叙情豊かな表現力、そして破調へと向かっていく狂乱……バレエには素人同然の私にさえも、胸が詰まるような感動が込みあげてくる。

（いったい、いつ、この子はこんな表現力を身につけたのだろうか？）

この七年という歳月が、有香を変えたのだろうか。いや、そうは思えなかった。有香は英国にバレエ留学に旅立った七年前から、すでに豊かな感情の資質を備えていたのだろう。

有香が足をあげると、ロング・チュチュがめくれて、魅惑的な足が太腿まで見えた。ただ長いというだけの足ではない。

リボンの交差するサーモンピンクのトゥシューズをはいた爪先は美しく伸ばされ、女らしい曲線が内に秘められた強靭な強さを見事なまでに隠していた。

爪先立ちになった足がステップを踏む。空中高く舞いあがり、足が前後に一直線に伸びる。独楽《こま》のように回る。

（あのとき、この足が私を魅了したのだ。そして、今も……）

倒錯的な戦慄が湧きあがり、ゾロリと股間を舐めた。このような超一流のバレエ団のプリマの踊りを観て、性欲を抱くのは不謹慎であることはわかっていた。しかしそれでも、私は湧きあがる情動を抑えることはできなかった。

# 1

七年前、外科医としてN大付属病院に移ったその年に、私は矢沢有香と出会った。病室で初めて有香を見たとき、私は彼女に普通の女の子とは異質なものを感じた。そして、有香は当時、十八歳。目がくりくりっとして眉に力がある清冽《せいれつ》な顔をしていた。そして、手足の長い全身からは優雅なしなやかさがおのずとあふれでる感じだった。私はすぐにそのわけを理解した。

矢沢有香は六歳のときからバレエ教室に通っていた。歩いたり座ったりするひとつひとつの仕種《しぐさ》に洗練された優雅さが匂い立つのはそのためだったのだろう。当時、有香は高校に通いながら、バレエ研究所で週に四度のレッスンを受けていた。

レッスン中にチアノーゼが現れ、倒れたのだという。診察して、心臓の僧帽弁が狭《きょう》窄《さく》していることがわかった。心臓弁膜症である。

十五歳のときにS県の主催する全国舞踏コンクールで優勝していたほどだから、先天的なものとは考えにくかった。おそらく、それ以降にリウマチ熱に心臓を侵されたのだろう。狭窄も進んでおり、完全に治すには、オペをするしかなかった。

「心臓弁膜症」の病名を告げると、有香の顔から血の気が失せた。狭くなった部分をひろげるだけの簡単なオペであり、すぐに元通りの身体に戻ることを説明すると、有香は「絶対、大丈夫ですね」とすがるような目を向けた。

「大丈夫、保証する。きみが今味わっている苦痛から完全に解放される」

私が言うと、有香は安心したのか、急に快活になった。

有香が相談すべき相手は二人いた。ひとりは母親で、彼女は母子家庭で育っていた。母はピアノ教室を開いて生計を立てていた。

そしてもうひとりは、バレエ研究所の所長であった。しばらくすると、五十くらいの小柄な男が駆けつけてきた。鷲のような顔をしたやけに姿勢がいい男は、五十嵐《いがらし》郁《いく》夫《お》といって、有香が所属するバレエ研究所の経営者であり、指導者であった。

かつては日本を代表するバレエダンサーであったというだけあって、胸の張ったいい体つきをしていた。顔がやけに小さかった。「金の卵」を心配するその男に、私は病名を告げて、手術をすれば完璧に治ることを説明した。男は執拗《しつよう》に来夏までには踊れるようになるかと聞いてきた。

矢沢有香は来年には、モンテカルロのクラシック・ダンスのサマースクールに参加する予定になっていた。そこで認められれば、海外留学、海外のバレエ団への入所と、有香は選ばれたダンサーだけが辿《たど》ることのできるエリートコースを進むことができた。

夏休みに入って、私は彼女の心臓のオペをした。初歩的な手術であったし、すでに心臓外科の分野ではそれなりの評価を得ていた私にとって、失敗しようのないオペであった。術後の経過もいたって良好だった。

入院ついでに、私は彼女の右足の五趾《ごし》、つまり小指の基節骨にあった外骨腫も削《そ》っておいた。三週間ほどでバレエのレッスンができるまでになる簡単な手術であった。有香からレッスン時に痛みがあると聞いていたからだ。九歳からポワント、つまりトゥシューズを履いてレッスンに明け暮れていた彼女の足は、やはり相当にダメージを受けていた。

親指がややくの字に曲がる外反拇趾の傾向もあったが、これはT字包帯を使えば矯正できそうだった。

頼まれもしないのに何もそこまでやる必要はないという医局内での意見もあった。だが、私は彼女の若くして傷んだ身体を正常な状態に戻しておきたかった。ソリストを目指す彼女に、これから待ちかまえているだろう困難に立ち向かえるだけの充分な準備をさせておきたかった。

今、考えると、そのときからすでに私は矢沢有香というバレリーナの卵を愛していた。いや、正確に言えばその伸びやかななかにも強靭さを秘めた美しい足に恋していた。

足が可哀相だった。トゥシューズという拘束具に閉じ込められ、圧迫を受け続けていた彼女の美しい足が。

私のそんな気持ちが伝わったのか、有香は私に全面的な信頼を置くようになっていた。時には、医師と患者との関係を超えたようなことを言って、有香は私に甘えた。

「先生、結婚なさらないの？　不思議ね……いい人、いないの？　もしなんなら、有香が奥さんになってあげようか」

診察中にそうドキリとさせるようなことを言って、くりくりした瞳で私を見る。

「おいおい、大人をからかうなよ」

私は苦笑でごまかしながらも、少しだけ動揺していた。

私は四十歳を過ぎても独身だった。私には婚約間際まで行った女医の恋人がいた。だが、上司の医師との三角関係に発展し、そのイザコザで前にいた病院を辞めていた。

夏が終わり、心臓のほうも外骨腫のほうも順調に回復していた。そんなとき、彼女が身体を動かしたいと言ってきた。私は少しならとそれを認めた。

当日、リハビリ室に現れた有香の姿を見て、正直、私の胸はときめいた。肩までの黒髪をピンクのリボンでポニーテールに結んだ彼女は、ソフトバイオレットのレオタードに白のTシャツを着ていた。

彼女ははにかむように私を見てから、長椅子に座ってトゥシューズを履きはじめた。薄いピンクに輝くサテンのピンクのシューズに足をはめこみ、リボンで足首をクロスさせて縛っていく。

彼女は前に屈み込み、足を大きく左右に開いていた。たしか、アン・ドゥオールと呼ばれるバレエの姿勢である。股関節から足を外に向けると、足が真っ直ぐに伸びるし、足の可動範囲がひろがるという解説を、どこかで読んだことがあった。

だから、バレリーナは常時足を開いている。正確に言えば股関節を外に向けることが、バレエダンサーの基本なのだ。それはわかっていた。だが、私はその姿勢を卑猥に感じた。高貴なる猥褻《わいせつ》さとでも言おうか、足を美しく見せるための基本が、じつは足を開くことだという二律背反に、私は妙にエロチックなものを感じた。

彼女はシューズを履き終わると、ストレッチに入った。床に座って、足の筋を伸ばしたり、上体を前屈みさせてぺたりと床につかせる。それから、リハビリ用のバーをつかんで何度も膝を曲げたり、急に爪先立ちになったりする。

その一連の仕種が、連続写真を見ているように澱《よど》みなく流れていく。うっすらと汗をかきはじめた有香の肌がわずかにピンクに染まっていた。

「どうだ、問題ないか?」

聞くと、有香は、

「ノープロブレム。前よりいい感じ」

そう快活に言って、今度はバーをつかんだまま、足を前に伸ばしたり、横にあげたり、後ろにあげたりする。

アラベスクと言うのか、片足で立ちもう一方の足を後ろにあげる。そうすると、有香の長い手足としなやかな身体が強調されて、優美さが匂い立った。

「あまり無理するなよ」

そう警告しておいて、私は長椅子に腰をおろした。そうして足に見とれていた。

薄いピンクのストッキングに包まれた足は豊かな表情を持っていた。ルルベと言うのだろうか、床についていた踵《かかと》が持ちあげられ、爪先立ちになる。向こう脛《ずね》から足の甲、さらに爪先が一直線になり、まるでコンパスのようだ。それでも爪先のあたりは微妙にたわんでいて、そのたわみが悩ましかった。

やがて、有香はバーを離れてかろやかに舞いはじめた。手の先まで情感が込められていた。有香は素早く回転し、爪先を刺繍針のように細かく動かし、そして空中高くジャンプした。まるで鳥籠に閉じ込められていた鳥が檻から解き放たれたように。そのひとつひとつの仕種が、優美な躍動感にみちあふれていて、私は惹きつけられた。

「有香、そろそろ」

私は心配になって、腕を前で交差させてバツを作った。有香は額に汗をにじませて頷《うなず》いた。

それから、私のほうにジャンプを繰り返しながらやってきた。くるくると回転しながら跳躍し、私にぶつかるように止まった。

片方の膝をついて眉の根元を吊りあげるような悩ましい表情で私を見た。片手を胸にあて、さらにてのひらを上に向けて私のほうに差し出した。それから、両手を包み込むようにして心臓の前にあてた。

そのとき、まだ私にはそのマイムが何を意味するかはわかっていなかった。

さすがに久しぶりで疲れたのか、有香は流れ落ちる汗を拭こうともせずに、両足を前に投げ出して長椅子に座った。

それから、唐突にこう言った。

「先生、脱がせて」

エッと私は聞き返していた。

「疲れた。脱がせて」

駄々っ子みたいな口調だった。私は仕方なく前に屈み込んだ。

目の前に優美な曲線にみちた足があった。私は右足を持ちあげて、自分の太腿の間に置いた。甘酸っぱい汗の匂いが私を包み込んでいた。

子持ちシシャモみたいな官能的なふくら脛《はぎ》から、意外に発達した太腿へと視線を移していった。バイオレットのレオタードが三角に覆った部分に目をやった私は、あわてて目を伏せた。

足首に巻かれたリボンをほどき、トゥシューズに手をかけた。輝くピンクのサテン地はたっぷりと汗を吸い込み、変色していた。

脱がそうとしてもなかなか脱げなかった。それほどにトゥシューズは、二十三・五センチの足に食い込むように密着していた。

両方を脱がすと、「貸して」と有香がそれを取った。爪先の部分に詰められていたスポンジ製のトゥパットを引き出して、色々と調べていたが、

「もう、駄目ね。先が潰れてるもの。先生、これもう要らないから、処分して」

そう言って、ピンクのシューズを突き出した。

（愛着のあるものだろうし、自分で処分したほうがいいんじゃないのか）

口から出かかった言葉を私は呑み込んだ。暗黙の了承というものがある。有香は私が彼女の足に惹かれていることを知っていて、バレリーナの命とでも言うべきトゥシューズを私に渡したのではないか。

そんな気がした。私はためらったすえに、それを受け取った。

「ふふっ、先生、匂いを嗅いだりしては、いやよ。臭いから」

有香が悪戯《いたずら》っぽい笑みを浮かべた。私にはそれが、匂いを嗅いでと言っているように聞こえた。

2

有香からプレゼント（？）された、履き古したトゥシューズは廃棄されずに、私の元にある。七年もの間、大切に保存されたシンデレラの靴はいまだに神々しいほどのロイヤルピンクの光沢を保っている。

で、そのとき、お前はどうしたかって？　決まっている。私はその靴を愛《め》でたのだ。

リハビリにつきあった後で、私は心臓のバイパス手術をした。会社の社長は動脈硬化のために冠動脈の内膜が肥厚しており、このままでは心筋梗塞を起こす恐れがあった。太腿の静脈を取り、それを心臓に移植する。チームを組んでいたので、私は太腿の静脈を三十センチ切り取って、後を任せた。

シャワーを浴びて医局に戻った。私の意識はどうしてもロッカーに向かった。そこには、渡されたトゥシューズが箱におさめてしまってあった。

誘惑に負けて、私はロッカーからシューズを取り出した。今は誰も使っていない当直室へと向かった。

ベッドに腰かけて紙の箱を開けると、熟成した匂いがムッと立ちのぼってきた。

不思議な匂いだった。それは足の悪臭の元になるイソ吉草酸の饐《す》えた悪臭ではなく、汗とともに木材所で嗅ぐような匂いが混ざっていた。後でわかったのだが、それは膠《にかわ》と松脂《まつやに》の匂いだった。爪先が柔らかくなりすぎないように、膠や松脂を塗って補強するものらしい。

甲や中底の部分はいまだに乾くことなく、汗でぐっしょりと濡れていた。それは可憐でいたいけで、この小さな布靴がバレリーナの激しい動きを支えているのが信じられないほどだった。

開口部に鼻を押しつけて、匂いを嗅いだ。彼女の体臭と強い汗の匂いがした。が、嫌な匂いではなかった。

彼女の恥部に鼻面を突っ込んでいるような錯覚をおぼえて、興奮した。頬ずりすると、サテンの布地のすべすべした感触が、剃り残した髭に引っ掛かった。

それから私は、トゥシューズを胸にかき抱いて、ベッドに横になった。目をつむると、矢沢有香が踊っている姿が瞼《まぶた》の裏に浮かんだ。ポワントをする度にキュッと吊りあがるふくら脛の筋肉。足首から甲、そして爪先への危なっかしさを孕《はら》んだゆるやかな直線。

トゥシューズに頬擦りした。接吻しながら、右手をズボンのなかへと潜らせた。

四十過ぎの大人が何をしているのだ。

自分を叱責した。だが、誘惑には勝てなかった。

靴を履くときに見せたカエルのように開いた足の角度。なんという卑猥さだ。高貴な聖性と卑猥さの融合と言うべきだろう。

松脂と汗の匂いを嗅ぎながら、私は射精していた。トランクスのなかに散ったドロリとした粘液が、私を責め苛《さいな》んだ。

そのことがあってから、私は治療以外で彼女と会うことを避けた。怖かったのだ。

そして、恥じていた。それでも、有香はめげずに近づいてきた。こんなことがあった。

心臓の様子と足の具合を診た私が、「そろそろ、退院だな」と言うと、彼女は「先生、お礼に腰を踏んであげようか」と言う。どうやら、ナースステーションのソファで私が看護婦に腰を踏んでもらっていたところを見られたらしい。私は腰が凝るという持病を抱えていた。

私は正直その申し出に魅力を感じていた。バレリーナが自分の背中の上で踊る。そのことに魅了された。曖昧に頷いているうちにも、彼女はトゥシューズを履きはじめた。私は言われるままにベッドにうつ伏せになった。ピンクのリボンを足首に結ぶと、彼女はベッドにあがった。

個室なので、二人を邪魔する者はいなかった。やがて、硬いソールが背中を押してきた。腰痛を抱えている者にしかわからないだろうが、それだけで私は陶然とした心地よさに酔いしれた。身長百六十五センチ、体重五十一キログラムの身体は、私の腰と背中にはちょうど良かった。

彼女は私の背中の上で歩いていた。立ち止まって例の足を開いたポジションを取り、そこでプリエを繰り返す。踵があがる度に、背中は爪先で突き刺された。かなりの圧迫にも耐えられる背中だが、さすがに私は呻いていた。

「ふふっ、痛い？」

「ああ、ちょっとね」

「でも、気持ちいいでしょ？」

「ああ、気持ちいいよ」

そう答えさせられていた。ゆったりしたシルエットのワンピース型病衣を着た有香は、私の背中でステップを踏んだ。片足をあげてバランスを取ったり、くるりと回転して落ちたりした。

それでも私はやめろとは言わなかった。ソールで圧迫される痛みに耐えながら、私はバレリーナの足に踏みつけられる快感に酔いしれていた。鋭い爪先が、刺繍針のように背中を縫うのを感じながら、私は勃起していた。

そして私は、有香の息づかいが妖しく乱れていることにも気づいていた。

3

私があのことを目撃しなかったら、私たちの関係はそこで終わっていたかもしれない。

退院を数日後に控えたその日の午後、腎臓摘出手術を終えた私は、ふらりと有香の病室を訪ねた。

どういうわけか大手術の後には、有香の顔を見たくなった。

数々のお見舞い品の置かれた部屋は、ベッドがU字形スクリーンで覆われていた。中から、有香の声がした。断続的に響く喘ぎは、女がセックス時に洩らす声に似ていた。

まさかと思いながらも、スクリーンを開けた。私の目に最初に飛び込んできたのは、たわんだトゥシューズの裏側のソールだった。

男が有香にのしかかっていた。そして、トゥシューズの足を肩に持ちあげるようにして前屈みになり、性器を押しつけていた。

私の目は、男の太い肉が有香の薄い繊毛に飾られたヴァギナを深々と割っているのを、はっきりととらえていた。

男がハッとして私を見た。鷲のような顔をしていた。五十嵐郁夫、バレエ研究所の所長であった。

次の瞬間、有香と目が合った。有香はポーッとした潤んだ瞳でぼんやりと私を見た。何が起きたのか、いまだに理解できていないようだった。女が性の昂揚《こうよう》に酔っているときの目だった。

(有香……！)

私はスクリーンカーテンを乱暴に閉めた。それから、逃げるように病室を去った。廊下を足早に歩きながらも、ショックで体が痺れていた。どう見ても、あれは無理やりされているという様子ではなかった。

有香は女の声をあげていたし、女の表情をしていた。

バレエスタジオの絶対的な権力を握った指導者と、プリマを目指す才能あふれるバレリーナの卵。ありえない関係ではなかった。

有香の男あしらいの上手さや、時折見せるこちらがゾクッとするほどの女の媚《こび》は、あの爛《ただ》れた関係がもたらしたものだったのだ。少なくとも私はその時点ではそう思った。

私は一気に、有香への愛情がおぞましいものへと変わっていくのを感じた。

だが数時間後、彼女から「先生、お話があるの」と持ちかけられたとき、私はのこのこと彼女の病室に出向いていた。

病室に入るなり、彼女は抱きついてきた。嗚咽《おえつ》をこぼしながら、有香は五十嵐との関係を語った。

その悲惨な物語は、おおよそ私が想像していた通りだった。最初は足へのマッサージから始まった。

有香は同年代の生徒のなかでは自分が飛び抜けた才能を持っていることを自覚していた。

かつての名ダンサーに大切にされている。そう感じると、彼女は誇らしい気持ちになった。十五歳でコンクールに優勝してから、五十嵐の寵愛ぶりは、他の生徒が見ても怪しむほどに露骨なものになった。

そして十六歳の夏に、有香はひとり残されていたバレエ教室で、五十嵐に処女を奪われた。まさか先生がと思っているうちに、彼は仮面を脱ぎ捨てて獣になった。

柔軟な肢体を組み伏して、腰をつかいながらも五十嵐は「これは、お前のためだ。お前がプリマになるためだ」と言い続けたという。

五十嵐は異常に嫉妬深かった。他の男子生徒とちょっと親しげに会話を交わしただけで、有香はぶたれた。その男子生徒も発表会で演じることになっていた役をおろされた。

五十嵐はホテルに彼女を連れ込むと、客室で自分ひとりだけのために有香に踊らせた。レース刺繍の妖しい下着をつけさせられたこともある。ガーターベルトで黒のストッキングを吊っただけの格好で、恥部を露出して踊らされたこともあった。

筋肉の動きを見たいからと、誰もいなくなったスタジオで全裸でレッスンを受けたことも一度や二度ではなかった。

それでも有香は研究所を辞められなかった。五十嵐は絶対的な力を握っていたし、海外にも顔がきいた。

「先生、たすけて」

話し終わると、有香は身を預けてきた。抱き心地のいい肢体を受け止めながら、私はどう対処していいか迷っていた。有香が耳元で言った。

「来年、サマースクールに行くでしょ。それから、私、日本には帰りたくない。ずっと向こうにいる。だから認められなくてはいけないの。あいつから逃れるためには、ずっと海外にいるしかないの」

私は彼女が入院しても、バレエのレッスンを欠かさない理由を理解した。

「でも、その前に……私、男の人を好きになりたい。恋をしたいの。そうしないと、私、ソリストにはなれない。男性を好きになる気持ちがわからなければ、心から踊れないもの」

有香は至近距離でじっと私を見た。

「だから……先生、私のロミオになって。あいつはどう見ても、悪魔だもの。先生のことが好きです」

薄く口紅の引かれた唇がせまってきた。私は夢中でその柔らかな唇を貪った。どうにでもなれと思った。

彼女の愛情を受け止めてやりたかった。しかし、数時間前に男の腹の下で喘いでいた女と体を交えることが可能なほどに、私の神経は図太くないことを、私は知った。

有香が悪いのではない。五十嵐とのことも強要されたものであり、有香はむしろ被害者だった。そして有香は今、私に救いを求めている。将来のプリマバレリーナが悲惨な境遇から脱するために、私を必要としているのだ。

それは痛いほどにわかっていた。だが、先ほど見た光景が脳裏に灼《や》きついていて、私をためらわせた。

「駄目だ。私にはできない」

しなやかな身体を突き放した。有香の表情が崩れた。

「先生、有香のことを不潔だと思っていらっしゃるのね。そうでしょ」

悲しそうに眉根を寄せていた。悔しそうに唇を噛んでいた。

私は何も言うことができなかった。否定の言葉を期待していただろう有香は、私の口から何も出てこないことを知ると、ベッドに泣き伏した。

その二日後、矢沢有香は退院していった。五十嵐と母親に付き添われて。

4

矢沢有香が凱旋公演とも言うべき「ジゼル」で大成功をおさめたその夜、私は彼女の宿泊先のホテルを訪ねた。有香に招待されていた。

七年前に彼女が退院してから、二人の交信は途絶えていた。私はときどき立ち読みするバレエの雑誌で、彼女が十九歳で英国のバレエ団に入団し、四年後にプリンシパルに昇格。その翌年に権威ある賞を受賞したことを知っていた。

そして、二十五歳になった矢沢有香は、今年、プリマとして凱旋公演を果たしたのだ。

私はバッグに彼女から貰《もら》ったトゥシューズを入れて、赤坂《あかさか》にあるホテルの部屋を訪ねた。

「やっぱり、いらしてくださったのね」

ドアから顔を見せた有香が笑みを浮かべて、私を迎え入れた。きっちりと化粧をし、臙脂《えんじ》のガウンをはおった彼女からは、すでに少女の面影は消えていた。そのかわりに自信と矜持《きょうじ》のようなものが全身からあふれていた。

「観させてもらったよ。素晴らしかった」

「そう……嬉しいわ。どうぞ、お入りになって」

彼女が満面に笑みを浮かべて私を招き入れた。

セミスイートの室内に足を踏み入れた私は、ベッドの脇の絨毯《じゅうたん》に妙なものが転がっているのに気づいた。

後ろ手にくくられた男が、素っ裸で膝を引きつけるようにして転がっていた。口にはピンクのトゥシューズが猿ぐつわのように突っ込まれている。

五十嵐だった。有香の師匠とも言うべき男が、悲惨な姿で床に転がされていた。

「懲らしめてあげているのよ」

有香は私に向かって微笑んだ。それから、物でも扱うようにぞんざいに脇腹のあたりを踏みつけた。

トゥシューズを口に突っ込まれた五十嵐が奇妙な声で唸った。とても見ていられなくなり、私は顔をそむけた。

「ごめんなさい、先生。すぐに追い出しますから」

有香は五十嵐の腕のロープを外すと、耳元で何か囁《ささや》いた。

私は彼の体に、幾つもの蹴られたような痣《あざ》があることに気づいていた。

五十嵐は服を着ると、私から視線をそらしたまま部屋を逃げるように出ていった。

その後ろ姿を見ながら、私は複雑な気持ちになった。歳月の流れが、有香と五十嵐の立場を逆転させたのだろう。サディストであったはずの五十嵐が、今は有香の足元にひれ伏している。

「ごめんなさいね、先生。妙なものを見せてしまって……先生には隠しごとができないみたいだわ」

そう言って、有香は私をベッドに座らせた。

有香はわざとこの秘密を私に見せたのではないのか。そんな気がした。

「先生、お会いしたかった」

有香がしなだれかかってきた。甘いが強烈な香水の匂いが鼻孔にしのびこんできた。以前は香水などつけなかったのだが。

有香が私の手の甲にてのひらを重ねて言った。

「会いたくて、会いたくて……でも、我慢したのよ。私、歯を食いしばって頑張ったわ」

「その甲斐があったじゃないか。きみはもう立派なプリマだ。もう、私の力など必要ないだろ」

言うと、有香は私の顔を覗きこむようにして明るく言った。

「ねえ、先生、ご結婚は？」

「……してないよ」

「ふふっ、やっぱりか。思ったとおりだ」

有香は悪戯っぽく言った。七年前と同じ口調だった。

「外科部長になられたんですってね。おめでとうございます」

「よせよ。たんに歳を取っただけのことだ」

「……有香もよ。有香も同じ。たんに歳を取っただけ。あのときと何も変わっていないわ」

有香はそう言って、私を正面から見つめた。その眼差しが眩《まぶ》しすぎて、私は視線をそらした。

私はバッグから箱を取り出した。そして中身のトゥシューズを有香に見せた。これを有香に返すために持ってきた。私と彼女を繋《つな》いでいた赤い糸を完全に断ち切るために。そうしないと、次の女を愛することができない。

「懐かしいわ。あのときのポワントね」

有香の目に精気が漲《みなぎ》った。

「ああ、結局、捨てられなかった」

有香はちょっと考えてから言った。

「履いていい？」

「だけど、爪先が潰れてるんじゃなかったのか？」

「先生……あのときの有香の言葉、信じていらしたの？　違うでしょ。これ、まだ充分履けます」

表情豊かに言ってベッドに腰かけ、ロイヤルピンクのトゥシューズを履きはじめた。

七年前と同じ格好で、足を開いて。

リボンを足首に巻き付けると、彼女は立ちあがった。感触を確かめるようにプリエを繰り返した。

「全然、平気。ぴったり」

そう呟《つぶや》き、かるくはねるようにして近づいてきた。そして、以前にリハビリ室で私に向かってやった行為を再現した。最後に両手を合わせて胸の前に置いた。

少しはバレエの勉強をした私には、それが「私はあなたを愛しています」というマイムであることがわかっていた。

先ほど舞台に立っていたプリマドンナが、私に向かって愛の告白をしているのだ。

天使のような可憐な仕種に胸がざわめいた。

「先生、この意味、おわかり？」

「……ああ」

「そう……演技ではないのよ。私の先生への気持ちは変わらない」

有香が私の手を取って、ガウンの胸に導いた。

私はその手を振り払った。

「おいや？　有香のこと、嫌い？」

「そうじゃない。だが、きみはもう私を必要としていない。あのとき、きみが救いを求めてきたとき、私は逃げた。怖かったのだ……だから、私にはきみを抱く資格はないんだ」

「今だって、遅くはないの。私はあのときの有香と変わっていない。いつもひとりで泣いているわ。お願い、抱いて……」

有香が顔を胸にすりよせてきた。大人の強烈な香水の芳香が、私を包み込む。

「嬉しかった。このポワントを七年もの間、大切に保管していただいて」

有香が顔をあげた。目尻の切れあがった目が潤んでいた。

「このポワントになりたいわ。いいでしょ」

どう答えていいかわからなかった。言葉を返すことをためらっている私をじっと見ながら、有香はガウンに手をかけて、肩から落とした。

下着さえつけていなかった。目の前に眩《まばゆ》いばかりの色白の裸身が息づいていた。彫像のような肢体は、記憶の中のいささか少年じみたところのあるそれとは違って、女らしい曲線に満ちていた。

私はこの七年間の有香の男性遍歴を想った。色々とあったのだろう。そして有香は様々な体験の中で少女から女へと脱皮したのだ。

有香はそんな自分の肉体を隠そうとはしなかった。

形よく隆起した乳房は、さほど大きくはないが凛と張りつめていた。首は細く長く、左右の鎖骨の窪《くぼ》みがはっきりきわかるほどで、胸の上部には肋骨さえわずかに透けだしていた。

プリマとしての激しいエネルギーの消費がそうさせるのだろう。私は有香のやり遂げたことの苛烈さを思った。

「先生、好き……」

有香が抱きついてきた。

ベッドに仰向けに倒れこんだ私に、有香はのしかかるようにして唇を重ねてくる。

私は柔らかな唇を吸い、差し込まれた舌に舌をからませた。

このときすでに、私は自分が踏ん切りをつけるためにここに来たのだということを忘れていた。いや、有香を抱きにきたのではないかという気さえしていた。

有香はいったん顔をあげると、私の着ていたワイシャツを脱がした。

私は手を伸ばして、よく締まった乳房をつかんだ。有香は首筋をのけぞらせて、艶やかに喘いだ。

それから、私たちは互いを貪りあった。七年の空白を埋めようとでもするかのように。

打てば響く楽器のように、有香は引き締まった身体をのけぞらせ、くねらせて、生生しい声をあげた。

きれいに手入れされ、中央に寄り添うように生えた淡い恥毛の奥には、女のぬめりが息づいていた。

私は猛り狂うもので、ぬめりを貫いた。息を詰めてしがみつく有香を、私は万感の思いを込めて抱きしめ、腰をつかった。

内部の肉襞がざわめくように波立って、分身を揉みこんだ。バレリーナの膣は日頃の訓練によって鍛えられているという話をどこかで読んだことがある。バレリーナという存在自体が、かつてロシアの貴族に捧げられたものであるという歴史も。それは真実に限りなく近いものだっただろう。

有香の膣肉はまるでそこに生き物が棲《す》んでいるように闊達《かったつ》に動き、私の分身をもてあそんだ。

トゥシューズに包まれた足首が爪先立ちをしているように伸びていた。サテン地の親指部分が隆起して、親指が反りかえっていた。ポワントに対する妄執が湧きあがった。私はシューズがよく見えるように、両足を肩に担いだ。

膣肉を突くたびにシューズがたわみ、ギュウと内側へと曲げられる。バレエの技法にはない官能的なソールのたわみに、私は昂《たかぶ》りをおぼえた。

右足を抱えるようにして、あふれでる愛情を注いだ。腰をつかいながら、高く持ちあげた右足を舐めた。

鍛え抜かれた芸術品の足が、舞台では決して見ることのできない悦びの表情で軋《きし》んでいた。

私は痙攣するふくら脛に舌を走らせ、そして、爪先を口に含んだ。サテンの布地で覆われた爪先を舐めしゃぶりながら、至福の時に酔いしれた。

この女を自分だけのものにしたかった。鳥籠に閉じ込めておきたかった。このポワントのように、ずっと私のもとに置いておきたかった。

そこまで考えて、このままでは私も五十嵐と同じではないかと思った。

世界的なバレリーナと一介の外科医がつりあうとも思えない。やがて、私も五十嵐のように捨てられるだろう。さっき見た光景が脳裏によみがえった。みじめに縛られて足蹴にされていた五十嵐の姿が。

だが、それでもいいではないか。いや、むしろ、私はこのポワントに踏みつけられたいと願っているのではないか。

私はポワントに頬擦りした。七年の間、私の懐で温められたトゥシューズは、饐えた匂いを放っていた。そして、このワインのように醸造された芳香は私と有香のねじれた関係そのものだという気がした。

有香が肩に担がれた足で、私の首を挟みつけた。

「先生、私、一年たったら、日本に戻ります。それまで、このポワントを預かっていただけますか」

私は少し考えてから、頷いた。頷くしかないではないか。

「私、絶対に戻ってくるわ。戻ってきたら、先生と……」

「私を許してくれるのか？」

「……許します」

そう言って、有香がしがみついてきた。

湿潤にとんだ肉襞のうごめきに誘われて、私は分身を打ち込んだ。「ああッ」と有香が喘いで、軟体動物のようにしなやかな腰をよじる。

私はトゥシューズから放たれる馥郁《ふくいく》たる匂いに包まれていた。脳髄が溶けるような濃密な匂いの粒子を浴びながら、何かにせきたてられるように腰を動かしつづける。

# 第六話　ＴＷＩＮＳ、または乳房とペニスを持つアンドロギュヌス

1

　客席から掛け声が飛ぶ。ひかること竹内漣《たけうちれん》は声の主のサラリーマンにとっておきの笑みを返しながら、アップテンポのポップスに合わせて細かくステップを踏み、全身を躍動させる。

　スポットライトがやけに眩《まぶ》しかった。ラメ素材のスリットのある衣装なので、きっと客席からはキラキラ輝いて見えるだろう。両手を上にあげて激しく反ると、二百ＣＣのシリコン入り人工乳房が揺れて、ああ、自分は女なのだと思う。そのことがたまらなく気持ちいい。

睾丸摘出手術をしてからホルモンバランスが崩れたせいか、以前より動けなくなった気がする。疲れやすくなったし、すぐに体が熱くなる。きっとホーデンの袋が縮まったことにより、ラジエーター機能が低下しているのだろう。放熱効果が減少しているのだ。

漣が玉抜きをしたいとひろみママに告げたとき、ひろみママはそれに反対した。ママは玉抜きしてバランス感覚をなくしたダンサーの話や、ホルモンバランスが崩れてヒステリーみたいになったニューハーフの話をしてくれた。

ひろみママも三百ＣＣのシリコンを胸に入れたＤカップで客を悩殺しているけれど、棹も玉も取っていない。でも、このショーパブ「フィメール」では一番キュートで女らしい。

漣は迷いに迷ったすえに結局は性転換《MTF》への強い願望を抑えられずに、仲間に紹介された病院で睾丸摘出手術をした。ホルマリン漬けのタマを後で見たときには、「ああ、これで、ぼくは後戻りできないんだな」とジーンとしたものだ。

玉抜きをして男性ホルモンの分泌が抑えられたせいで、前から飲んでいた黄体ホルモン錠が効力を増し、このところ急に体つきが女っぽくなった気がする。その反面激しい動きをすると息が切れやすくなった。

だが、今夜はそんなことに甘えてはいられない。ニューハーフ・ショーを売り物にする、ここ「フィメール」で、ひかるはトップダンサーなのだ。それに今夜の客席には、湧《ゆう》が来ているのだから。

竹内湧は漣の分身だ。二十年前、二人は母の胎内でひとつの卵子だった。漣と湧は一卵性双生児としてこの世に生を享《う》けた。漣のほうが数分早く狭い肉路を通って光の中に飛び出してきたので、一応兄ということになってはいるけれど。

ニューハーフの道を突き進む漣とは違って、湧は某会社のコンピュータのシス・オペという堅い職業に就いている。ショー替わりの時とかには必ず来てくれて、色々とアドバイスしてくれる。ヘテロでちゃんと男性としての真面目な人生を送っている。

曲が終盤にさしかかった。振付師のジローさんが客席で目を光らせているので、いい加減な振りで踊ることはできない。うちの店は二カ月ごとにショーの内容を替える。今日は「スプリング・バージョン」の初日だ。

慣れてくればアドリブも入れられるし、客席の様子もわかる。今はその余裕はないはずなのに、不思議に湧がいる場所だけはわかる。

湧が客席のどこにいても、そこだけがボーッと白く発光して見えるのだ。湧が漣の分身だからだろう。そして、無理やり別れさせられた二つは、最後にはひとつになるように運命づけられているのだ。

(そろそろ準備はできたかい、湧……ぼくは今、きみのために踊っているんだよ)

漣は白く発光する場所に向かって微笑みかけた。

曲はエンディングに向かっていた。男子部ダンサーの秀明《ひであき》が腰に手をまわした。秀明はまだ入って一カ月だが、エアロビのインストラクターをやっていただけあって勘がいい。

息を合わせて漣がさっと身体を浮かすと秀明が頭上高く持ちあげた。漣はプリマドンナのように思い切り身体を反らせて、ポーズを作る。ほぼ満席の客席から拍手が起こった。

しなを作りながら舞台袖にはけると、「ひかる、よかったわよ」と、白雪姫《しらゆきひめ》の衣装を着たひろみママが耳打ちしてくれる。これから七人のこびとと白雪姫のセクシー・ショーが始まるのだ。

2

その夜、湧が漣の部屋に泊まった。「フィメール」には十時、十二時、二時と三度のショータイムがある。湧は最後まで残っているので、最終電車の時間はとっくに過ぎてしまう。

それでいつも湧はショーを観た後は、漣のマンションに泊まるのだ。

漣のマンションは1DKで広くはないが、ニューハーフはけっこう金がかかるから仕方がない。普段の化粧品やら服にも散財するし、女性ホルモン投与代も保険がきかないので馬鹿にならない。それに将来、漣はモントリオールで完全な性転換手術を受けるつもりなので、その費用も貯《た》めなければならなかった。

湧がバスルームに向かった。漣は鏡に向かって、まだ残っているステージメイクを落とす。髪の毛は色抜きして茶色っぽいが地毛でショート・レイヤーにまとめている。毛先だけロールブラシで内巻きにし、顔を包み込むようにブローしている。こうすると顔が小さく見えるからだ。

(ふふっ、ひかる。ちょっと疲れてるみたいね。でも、色っぽいわよ)

鏡に映ったひかるに、心の中で話しかける。

前は化粧をしていないと男の骨っぽさが見えて、いやだった。でも最近は女性ホルモンのせいか顔貌《かおかたち》が柔らかくなったようだ。まだ第二次性徴の始まる前の、あの子供の頃のしなやかな中性性を取り戻した気がする。

湧はそろそろバスタブにつかっている頃だ。漣はミニのワンピースを脱ぎ、ラベンダーミスト色の刺繡付きブラジャーを外した。豊胸手術を施された乳房はちょうどCカップのブラが合うほどに丸く膨らんでいた。少しエッチな気持ちになって、乳房をすくうように揺すってみる。

すると、小さな乳首がせりだしてきた。下半身にも血が漲《みなぎ》り、ラベンダー色のスキャンティをあるものが持ちあげてくるのがわかる。玉を取ってもペニスはきちんと勃起する。射精だってするのだ。精液は製造されていないから、透明な漿液《しょうえき》が出るだけだけど。

(いやッ、こんなにしてちゃ、湧に笑われちゃう)

漣は勃起がおさまるのを待って鏡の前の丸椅子から立ちあがり、バスルームへと向かう。スキャンティを足先から脱いで、バスルームのアコーディオンドアを開けた。

「……おい、よせよ」

浴槽につかっていた湧がびっくりしたように目を見開いた。だが言葉とは裏腹に、視線が胸のふくらみと下半身に素早く注がれるのに漣は気づいていた。

「いいでしょ、べつに。兄弟が一緒に風呂に入ったってどうってことないじゃない」

漣は女っぽい仕種《しぐさ》でお湯を肩にかける。

「だけど……俺たちはちょっと違うだろ」

「何がよ……？　やっぱり、湧、いやなんだ。兄貴がオッパイつけてることが」

「そうじゃないけどさ」

湧が口ごもった。

漣は三歳の頃からスカートをはきたくて駄々をこねていた。服の色もピンクじゃないといやだと言って母を困らせた。それまでは「竹内さんちの双子はほんとそっくり。全然見分けがつかないわ」と周囲から言われたものだが、根負けした母が漣の我が儘を許しはじめた頃から、二人は微妙に顔貌も仕種もずれていった。

小学生のときに、湧は「お前の兄ちゃん、オカマかよ。気持ち悪いんだよ」と上級生にからかわれた。それが嫌で湧は母に訴えたことがある。そのとき母が言った言葉を漣は今も覚えている。

「漣は漣で自分に正直に生きてるんだから。ちょっとからかわれたくらいでこんなこと言う子は、うちの子じゃありません。逆に湧は漣をかばってあげなくちゃ、そうでしょ」

漣は今も、偉大な母のその言葉を胸に刻んでニューハーフ人生を送っている。

湧が浴槽から上がり浴室を出ようとした。その腕をつかんで、漣は言った。

「湧、体洗ってやるよ。まだ洗ってないんだろ？」

十数年前の母の言葉がまだ頭に残っているのだろう。「わかったよ。しょうがねえな」と、湧がプラスチックの椅子に腰かけた。

タオルを股間にかけて後ろ向きに座った湧の背中は、決して逞しいとは言えなかった。

産まれたときから漣のほうが大きかった。二人は母の胎内にいるときひとつの胎盤を共有していた。本来二つあるべき羊膜の隔壁が破れてひとつになる単羊膜性双胎だった。つまり二人はひとつの子袋に入っていた。それで栄養が偏ったのだろう。漣が湧に向かうべき栄養を吸収してしまったのだ。

二十年経過した今も、湧の体は貧弱だ。可哀相なくらいに。漣はスポンジにボディソープを注いで泡立てると、肩胛骨の透けた背中をゆっくりと擦《こす》ってやる。

早く、湧と一体化してやらなければと思う。

ふと前を見ると、鏡に二人の姿が映っていた。痩せた湧の体。その背後で乳房を持ったショートヘアの奇妙なアンドロギュヌスが微笑んでいる。

「湧、痩せたね」

「そうか？　仕事がきついからかな」

湧が言って、うつむいた。漣は愛しくなって、湧を抱きしめた。シリコン入りの乳房が肩胛骨に当たる。

「やめろよ、漣」

「恥ずかしいの？　興奮しちゃう？」

「いいから、とにかくやめろよ」

漣は右手を前にまわした。太腿の間で湧のペニスは鋭角に持ちあがっていた。

「これが原因ね……湧、ぼくのこと好きなんだろ？」

「……馬鹿なこと言うなよ」

漣はかまわず右手でペニスを握りしめた。硬くなった湧の屹立はマニュキアされた指に強い鼓動を伝えてくる。

漣は自分の心臓の鼓動と、湧のペニスの脈動が重なりあうのを感じた。受精卵が二つの胚《はい》に分割する前、二人はこうして同じ脈動のなかにいたのだ。

「一緒になろうよ。ママの子宮の中にいたときみたいに」

漣は耳元で囁《ささや》きかけた。

「できないよ、俺たちは、もう。そんなこと、漣だってわかってるだろ」

「たしかにぼくたちは独立したさ。だけど、こうなってわかったんだ。ぼくは湧しか愛せないって。湧もそうじゃないのか？」

言いながら、漣はシリコン入りの柔らかな乳房を背中に押しつける。乳首が擦れて気持ちいい。湧が鏡のなかの漣を見て言った。

「漣が好きなのは漣自身だろ。漣が好きなのは鏡の中の自分だけなんだよ」

「前はそうだったかも……でも、今は違う。私は女になったのよ。そして、湧は男でしょ」

漣は湧の首筋にキスをした。ペニスに巻きつけた指を動かした。逞しく勃起した湧の肉茎が愛しい。二度、三度と擦ると、いきなり湧が漣をはねのけた。

「やめないと本当に怒るぞ」

湧はすっくと立ちあがった。

「後で言うつもりだったんだけど、俺、恋人ができたんだ」

エッと、漣は我が耳を疑った。湧に女ができたなんて初耳だ。

「ほんと？　からかってるんだろ」

「嘘じゃないさ。疑うなら、今度会わせてやるよ。ただし、そのときは男の格好して来いよ」

吐き捨てるように言って、湧はバスルームを出ていく。

3

恋人の田中留加《たなかるか》を紹介されたとき、漣は正直言ってドキリとした。湧が年上好みなのはわかるが、留加は二十七歳の羨ましいほどの美人だった。

アパレル会社のマーチャンダイザーをやっているだけあって、着ているものも洗練されていたし、会話だってウィットにとんでいる。

しかし、と別れた後で漣は考えた。いい女だからこそ、絶対に別れさせなければいけない。なぜかって？　漣との合体の準備ができつつあった湧が漣を拒んだのは、この女が原因だからだ。

では、どうすればいいのか？　兄が「オカマ」であることを知らせたくらいでは、留加はびくともしないだろう。最近の進んだ女性はむしろ、ニューハーフを友人に持つことを誇りに思っているからだ。それならば……漣は頭に浮かんだその悪魔的な考えに次第に魅了されていった。

漣は留加を「フィメール」に招待した。当日、留加は一人で店にやってきた。そして、湧の兄がニューハーフ・ショーのメインダンサーであることを知った。ショーが

終わって客席に降りると、

「ひかるって言うのね。素敵だったわ。とても興味があるわ」

留加はそう言って、親しみをこめた目で漣を見るのだ。やはりそうだった。この女も例外じゃなかった。ニューハーフとつきあいがあることを、むしろステータスのように考えているのだ。

漣は計画を実行に移すために、留加と一緒に深夜の新宿の街を歩いた。留加が恋人のように腕をからませてくるのには驚いたが、これならあの計画も上手くいくかもしれない。

「ラブホでも行く?」

かるい調子で声を掛けると、留加は一瞬驚いたみたいだったが、すぐに、「いいわよ」と微笑んだ。あまりのあっけなさにかえって拍子抜けしたくらいだ。

漣の計画とは、留加と肉体関係を結んで、そのことを湧にバラすことだった。漣は玉抜きはしているが挿入はできる。

自分の恋人が兄と寝たことがわかれば、湧は絶対に留加を諦める。湧はそういう男だ。それに、漣が湧に対してどれだけ本気なのかも思い知るだろう。

漣はときどき使うラブホテルに留加を案内した。

部屋に入るなり、留加はさっさと服を脱ぎはじめた。

「ひかるも脱いで……それとも恥ずかしい？」

なんだ、この女。こちらが誘惑するはずだったのに、調子狂うなと首をひねりながらも漣は服を脱いで下着姿になる。漣は輸入ランジェリーを身につけていた。シャーリー・オブ・ハリウッドのブラとパンティのセットで、色はピンク。レース刺繍がふんだんに使われているセクシーなやつだ。

「素敵ね、その下着。インポートものでしょ？」

留加はこちらを見ながら、シルバーグレーの光沢のあるブラジャーを外した。Dカップほどの乳房が眩しかった。身体は羨ましいほどの女らしい曲線に満ちている。湧が鼻の下を長くしている理由がわかる気がする。

留加はパンティをつけただけの格好で、漣をベッドに押し倒すようにして上になった。これではどっちが主導権を握っているかわからない。が、ベッドをともにすることには変わりないのだから、漣は流れに任せることにした。

「ひかるはセックスはどうしてるの？　つまり、相手は男、それとも女？」

「バイだよ」

「両刀遣いか。便利よね。私とするときはどっちかしら？」

留加はいかにも気が強そうな目を向けて、漣の顔を撫でてくる。

「綺麗よ。とても男性だとは思えない。なんだか、おかしくなりそう」

留加がブラジャー越しに、漣のバストをつかんだ。

「シリコンが入ってるから」

漣は先手を打って答えた。

「ほんとうのオッパイみたいだわ。弾力もあるし……」

留加はブラジャー越しに人工乳房を揉みしだいていたが、次の瞬間、手を下半身に伸ばした。逃げる間もなく、漣の股間はしなやかな指に包まれていた。

「やっぱり、ここは取ってなかったのね」

「もう少ししたら、取るつもりだよ。お金が貯まったらね」

「あらッ、もったいないじゃないの。せっかく、こんな立派なものがあるんだから。私、男の人がずっと羨ましかった。女性って、こんな立派なもの付いていないでしょ。ペニスを見るたびに、これが欲しいって思ったわ」

留加は微笑して、羨望の眼差しで膨らみを見た。それから、勃起したペニスを布地越しに撫でさする。

「やめてくれないか」

漣は思わず、留加の手をはねのけた。女性相手に勃起していることを知られたのが屈辱だった。

「あらっ、どうして？　大きくなったのが恥ずかしいわけ？　わからないな、その感覚。バイなんでしょ。大きくなって当然じゃないの。それとも私が嫌い？　弟の恋人でありながら、兄にも手を出す女って、不潔だと思ってるわけ？」

ＹＥＳという言葉が喉から出かかったが、漣はそれを呑み込んだ。

「私を誘ったのは、ひかるのほうよ。それを忘れないで」

なんて女だと思った。しかし、留加の言うことは一々理屈が通っている。

「下着、取ってほしいの。あなたの身体が見たいわ」

一度言いだしたら聞かない感じだった。それに漣のほうにも、人工的に作りあげた身体を見せたいという露出への欲望があった。漣は身体を起こして、ブラジャーを外した。続いてパンティも抜き取る。

「不思議な身体ね。立派なオッパイしてるし肌もきれい。女そのものなのに……でも、ペニスが生えてる」

留加は好奇心まるだしの目で漣を見た。それからにじり寄ってくる。

首筋にキスされ乳房を揉まれると、漣は「ううン」と小さく喘いでいた。こういうふうにされると、漣は女になる。自分を男として考えるのにはエネルギーがいるが、女性になるのは簡単だった。

唇の間に舌を差し込まれて、口腔《こうこう》をかきまわされるうちに、漣は完全に女にシフトチェンジした。

ルージュの匂う唇はやがて、乳房の頂《いただき》へと移動した。女ならではの微妙なタッチで乳首を転がされると、恥ずかしい喘ぎがこぼれでた。

「ふふっ、乳首がいやらしく勃《た》ってきた。ひかる、やっぱり女として扱われたいんでしょ。いいわよ、レズで」

留加は顔を上げて、微笑んだ。魅惑的な表情だった。この人には男性的な部分があるのだろう。それが、女王様のような魅力をかもしだしている。

留加は覆いかぶさるようにして、胸を押しつけてきた。砲弾形の凜と張りつめた乳房が、漣のシリコン入りの乳房に重なった。

柔らかな弾力にあふれたバストの感触が心地よかった。乳首と乳首が擦れあい、こそばゆいような感触が淫靡な快感へと変わっていく。

「ああ、素敵……なんか、おかしくなりそうよ。倒錯ってこのことなのね。初めてわかったわ」

留加は喘ぐように言って、ますます強く乳房を押しつけてくる。汗のにじんだ二対の球体が押し合いへし合いをして、形をいびつに変える。

そのままキスされ、舌を吸われた。情熱的なディープキスを受けるうちに、漣のほうも男の欲望がつのっていく。

やがて、留加は漣の手を取って、太腿の奥に導いた。そこは、ねっとりした蜜にあふれている。

「……して」

漣は誘われるように右手を動かした。ヌルッとした潤みが妖しく指にからみついてくる。女性器に憧れを持つ漣は、この淫らなものが早く自分にも欲しいと思うのだ。

そのとき、留加の手が素早くペニスに伸びた。やめろと言おうとした次の瞬間、漣のペニスは生温い口腔の粘液に包まれていた。

「ああ、やめて……」

漣はバージンみたいな声を出して、振りほどこうとする。でも力が入らない。

留加は茎胴を握りしめて上下に擦りながら、それに合わせてリズミカルに亀頭を頬張ってくる。

屈辱のはずだった。でも、気持ちとは裏腹にペニスから峻烈な快美感が立ち昇ってくるのはなぜだろう。

「いやらしいのね、ひかるって。クリちゃんをこんなに大きくさせて」

柔らかな唇がペニスをぴっちりと締めつけた。留加は大きなスライドで顔を上下に打ち振っては、垂れかかるセミロングの黒髪を耳の後ろに梳《す》きあげる。

快美感の放物線が上昇した。

駄目だ。このままでは、ぼくは男になってしまう。

漣は女の子になろうとした。

そう、ぼくはクリトリスを攻められてイキそうになっている女の子なんだ。

「ああッ、ううンン、いやン」

「イキそうなのね、ひかる」

「ああ、はい……」

「でも、駄目よ。イクのはまだ」

留加は身体を起こして、漣の股間に跨がった。漣の勃起をつかみ、恥毛の翳《かげ》りに導いた。

それから、ゆっくりと腰を落とす。シンボルが温かいぬかるみに吸い込まれた瞬間、漣は「ううッ」と奥歯を食いしめて、湧きあがる愉悦に耐えた。

留加は下半身で繋《つな》がったまま前かがみになって、バストを漣の乳房に押しつけた。湿った乳肌が乳房を刺激してくる微妙な感覚に、漣は狂いたたされる。

「ああッ、おかしくなりそう。へんよ、こんなのへんよ。私は男としているの、それとも女としているの？」

留加は喘ぐような息づかいで胸を擦りつけながら、腰をくねらせる。

漣は女性に犯されているような気になり、か細い声を洩らしながらシーツを鷲づかんだ。

「ああン、こんなの初めて。イキそう……ああン、ちょうだい」

留加のなまめかしい声を聞いて、漣の中で眠っていた男の本性が目を覚ました。さしせまる欲求に駆られて、漣は上半身を起こした。

いったん座位の形をとって、留加の腰を抱き寄せた。留加は足を開いて跨がり、逼《ひっ》迫《ぱく》した欲望に後押しされるように腰をくねらせる。

やはり、この人は女なのだ。そして、漣は男。留加を押し倒すようにして、正常位に移った。

上からのしかかるようにして腰を使うと、留加が抱きついてきた。足までも漣のお尻にからみつかせて、生臭い声をこぼした。

漣は何かに衝《つ》き動かされるように、肉茎を押し込んだ。自分の乳房がゆさゆさ揺れていて、へんだ。奇妙な感覚にとらわれながらも、連続的にえぐりこんだ。

「あン、あン、あン」

留加が喉の奥を見せて、激しい喘ぎをスタッカートさせる。それにつれて、潤みに満ちた肉襞がうねるようにペニスを揉みこんでくる。

「ああ、来て！　ひかる、来て！」

留加がギュッとしがみついてきた。先ほどまでの男性的な部分はすっかり消えて、女になりきっていた。そして漣も今は完全な男でしかなかった。

反動をつけて打ち込むと、「はうーッ」と留加が呻いて上体をのけぞらせた。イッたのだ。

次の瞬間、漣も生臭い声を洩らして、射精していた。ノン精子の透明な漿液があふれでる。脳味噌が破壊されるような快感が全身を走り抜けた。

## 4

そのことがあってしばらく、漣はショックから立ち直れなかった。どんな形にせよ留加と寝たのだから、このことを湧に告白すればそれで二人は別れるはずだ。だが、できなかった。留加と寝たときの頭が痺れるような快感が漣を縛りつけていた。

（ひょっとして、ぼくはもともと留加に魅力を感じてたんじゃないか。だからこんな無謀なことを思いついたんじゃないか？）

そんな考えまで脳裏にちらつくようになり、激しい自己嫌悪に苛《さいな》まれた。それに、あのとき漣は最後には完全な男だった。

（ぼくはやはり男性なのだろうか？　女にはなれないのだろうか？）

ショーでも動きに生彩を欠き、ひろみママからは「何かあったの？　ひかるらしくないじゃない」と心配される始末だ。そんなとき、湧から電話があった。電話の向こうで湧が言った。

「聞いたよ」

「えッ、何を？」

「……漣、留加さんとホテルに行ったんだって」

留加が言ったのだろう。

どうして？

「どういうつもりだよ……？　嫉妬かよ。漣、俺に嫉妬してるのかよ」

「違う。そうじゃない」

「じゃ、なんでだよ」

漣は悲しくなった。ぼくの考えていることが、わからないのか、湧？

「ぼくは湧のことが好きだ。だから、留加と寝れば湧が彼女と別れると思って……」

「マジかよ、マジでそんなこと信じてるのかよ」

「ああ、そうだ」

「漣、おかしいよ。狂ってる」

「ぼくは正気だよ」

「そんなに俺にオカマ掘らしたいのかよ！　おかしいよ、漣。漣のケツなんて考えただけで反吐《へど》が出るよ。いい加減に目を覚ませよ」

激しい叱責とともに、電話が切れた。

漣は落ち込んだ。自分がこんなに絶望するのかと思うくらいに。しかも悪いことにショーの最中に足首を捻挫した。無理をすれば出られないことはなかったが、気持ちが沈んでいるせいかショーに出るのがかったるくなった。ショーを強引に休んだ。

その間に、漣は自分が何を求めているかを考えた。そして、ひらめいた。ぼくは女になろうとしていた。でもそれじゃ、駄目なんだ。ぼくは男であり女なんだ。

プラトンの『饗宴』では、昔、世界には男と女の他にも男女（オメ）という性があったことになっている。顔が二つ、手足が四本ある男女をゼウスが両断した。だから切り離された男は女を、女は男を求めるようになった。だが、ゼウスの行為は間違いだった。そんなことしちゃいけなかったんだ。それは進化じゃなくて堕落への道だったんだ。

単性よりも両性具有のほうがずっと高級なのだ。アダムの肋骨からイブという女性が生まれた。あれはアンドロギュヌスの出産の寓話だ。アダムは男性じゃなくて男女だったんだ。

そう考えると急に元気が出てきた。ぼくは男女だ。それでいいんだ。

二、三日たつと、猛烈に湧に会いたくなって、電話をかけた。「会いたい」と言うと湧は渋々承諾した。「フィメール」にも出てないことを知って心配していたと言う。最後に湧はこう言った。

「ああ、それから、俺、留加と別れたよ」

電話が切れた後、漣は室内でバレリーナのように爪先立ちになり、くるくるとまわり続けた。

二日後、漣は湧を待ちながら念入りな化粧をした。リキッドタイプのファンデーションを使い自然な肌色をつくる。グレーとブラウンを重ねて眉を塗り、眉尻はスーッと細くなるように描く。アイメイクはブラウンを基調にパープルをアクセントに使う。口紅の色はメタリックなブラウンだ。

これまでの化粧よりも派手さを抑えて、マニッシュな感じに仕上げた。髪も前髪を立ち上げて宝塚《たからづか》の男役みたいにまとめた。だってぼくは、男女なのだから。

ブラとパンティはつけずに素肌に黒のスリップを着る。胸元にふんだんなレース刺繡をあしらったもので乳肌が透けて見える。

(これでいいわ、素敵よ、漣。ぐっときちゃう)

漣がベッドを整えていると、ピンポーンとチャイムが鳴った。

5

「怒ってない？」

漣は、二人掛けのローソファに腰をおろした湧にしなだれかかる。

「怒ってるさ、そりゃあ。あんなことされて怒らない奴はいないだろ」

湧はそう言って、手に持っていたワイングラスを乱暴にテーブルに置いた。

「ごめんね、湧」

　恋人と別れて落ち込んでいる湧が可哀相になって、髪の毛を撫でてやる。思ったとおり、あのことを知らされてから、湧は留加を抱くことができなくなったのだという。

「留加さんは、いい体験をしたって平然としていたよ。俺にはそういう留加が信じられない。しょせん、あの人は俺向きの女じゃなかったんだ」

　湧はそう言って、悔しそうに唇を噛む。やはり思ったとおりだった。弟はある意味では素晴らしいチャンスをつかんでいた。ちょっと勇気を出せば、甘美な倒錯の世界が開けたのに。やはり、湧は自分が後押ししてやらないと何もできないのだ。

「ねえ、湧はどうしてここに来たの？」

　漣は聞いてみた。

「そりゃあ、漣のことが心配だったから。店にも出てないようだし」

「それだけ……？　本当は違うんじゃないの」

「どういうことだよ？」

　口を尖らせる湧のTシャツをめくりあげて、胸に手をすべりこませた。

「湧と一緒になりたいの。湧しか愛せないの。お願い」

「……こういうことだったら、俺、帰る」

腰を浮かしかけた湧を、絨毯の上に押し倒した。覆いかぶさってキスをする。

「やめろ……ウッ」

唇をふさがれて湧が唸った。振りほどこうとする湧の顔を両側から挟みこんで、なおも唇を押しつけた。

湧の唇はひび割れて乾いていた。カサつく唇を唾で潤し、わずかに開いた唇の間から舌をすべりこませた。逃げまどう舌をとらえて舌をからませる。

硬直したように動かない舌を舐めてやる。湧の息づかいが乱れ、白ワインのマスカットの芳醇な香りが匂った。

気持ちをこめた接吻を浴びせながら、左手を下に伸ばして、ジーンズの股間をさぐった。

「ううッ」と呻いてふたたび暴れ出す湧。戦意喪失を狙って布地越しにまさぐった。硬くなっていた。湧のペニスはジーンズを突きあげている。

その硬さが漣を勇気づける。屹立を握って擦りあげた。すすり泣くような声を洩らして顔をゆがめる湧。

「なぜ、泣くの？　湧は今、新しい世界に踏み出そうとしているのよ。自分に素直になって……そうすれば見えてくるはずよ」

漣は言い聞かせておいて、スリップの肩紐を外し、黒のスリップをおろした。そして、露《あらわ》になった乳房を湧の口許《くちもと》に押しつけた。

「いいのよ、湧。吸っていいのよ。私はあなたのママなの」

湧がギョッとしたように目を見開いた。

「ママのおっぱいを吸って、早く」

まるで授乳するときのように、片方の乳房をつかんで湧の口許に押しつける。湧は傍目《はため》にもわかるほどにブルブル震えていた。震えながら、魔女に見入られたみたいに小さな乳首を口に含む。

目をつむり、チュウチュウと吸い出した。右手で乳房の位置を加減するようにして、乳首を口のなかまで吸い込む。

「ああ、湧……いい子ね」

漣は湧の頭を愛情こめて抱きかかえた。ほんとうに湧の母になったような気がする。

(湧は私のオッパイを吸って、大きくなるのだわ)

漣はうっとりと目を細めた。湧は赤ん坊がやるように右手で乳房を揉みながら、乳首を吸う。小さな乳首が伸びて、こそばゆいような感覚が陶酔感へと変わっていく。太腿の付け根にあるものが、黒絹のスリップを持ちあげはじめた。

「あアン」と喘ぐと、湧がびっくりしたように口を離した。

「ごめん、感じちゃった」

微笑みかける。それから、湧のシャツを脱がした。ジーパンを足先から抜き取ると、湧は恥ずかしそうにブリーフの股間を隠す。

漣は湧をベッドに連れていく。仰向けに寝ころばせておいて、自分もスリップを脱いだ。

湧はもう何も言わなかった。まるでロストバージンする前の女の子のように、意識喪失気味で焦点の合わない目を宙にさまよわせている。

漣は覆いかぶさって、情感をこめて湧の裸身を愛撫する。女の子みたいに目を閉じた湧の、髭の薄い顎にキスして、喉仏が尖った首筋にも唇を押しつける。

薄い小豆色の乳頭にチュッ、チュッと接吻して口に含むと、湧がビクッと肩を震わせた。

(感じるのね、湧。もしかして、あなたのほうが私より女っぽいかもしれないわね)

たぶん、そうなのだと思う。これまで湧に男性性を求めてきたから湧は戸惑ったのだ。湧にオカマを掘らせようとしたのが間違いだった。漣のほうがやるべきなのだ。

漣は男女だからそれができる。漣は湧を吸収してやるのだ。

漣はお臍から下腹部へと続けざまにキスを浴びせた。「うう」と呻きながらもブリーフをテントみたいに突っ張らせている湧。

ブリーフに手をかけた。あわてて防ごうとする湧の手を押し返して、一気にブリーフを下げた。

ペニスが弾かれるように出てきた。紫がかった亀頭をてらつかせた肉茎が精一杯にいきりたっている。身体の奥から強い衝動が突きあがってくる。

漣は舌で唇を濡らすと、屹立を指でつかんでおいて一気に咥《くわ》えこむ。

「やめろよ……うぅッ」

湧が泣き声をあげて漣の頭を突き放そうとする。押し返されそうになりながらも漣はペニスを咥えこむ。茎胴を擦りながら亀頭を舐めていると、湧の腕から力が抜けていった。

(ああ、かわいいわ、湧のペニス)

漣は下腹を打たんばかりに反った肉茎の、裏の縫目に沿ってフルートを吹く。自分にはないホーデンをやわやわとあやすと、ペニスが躍りあがった。

早く一緒になりたかった。漣は湧をベッドに這わせた。ベッド脇のテーブルの引出しを開けて、ローションの容器を取り出す。水溶性だと乾燥が早くて痛いが、これは油性なのでいつまでも潤滑性を保てるはずだ。

湧をベッドに這わせておいて、いたいけに震える湧のアヌスにローションを塗りこむ。幾重もの雛を集めたすぼみが、女の子のヴァギナみたいに収縮する。

漣は自分のペニスにローションを塗り、さらに湧のセピア色のすぼみを丹念にマッサージする。

「ううッ、やめて……」

湧が女の子みたいに呻いた。

漣はペニスをぬめ光るすぼみに押しあてた。ハッとして腰を前に逃がす湧。それを押し戻して腰を入れる。湧が逃げる。

アマレスみたいな攻防を続けるうちにお互い、汗みどろになった。汗ですべるヒップを押さえ込んで腰を入れた。すると、切っ先が狭い箇所を突破していく確かな感触があった。

「うはッ！」

湧が前に突っ伏した。それを追って、漣も折り重なる。

二人とも横になり、バナナの房のように相似形でぴったり重なりあった。漣はシリコン入りの乳房を湧の背中に押しつけながら、湧の体内の温かさを感じている。

「とうとう、ぼくたち、ひとつになれたね。嬉しいだろ、湧？」

後ろから囁きかける。湧は黙っていた。だけど、絶対に湧は幸せに違いない。だって、アヌスを嬉しそうに蠢《うごめ》かせて、漣を包み込んでいるのだから。

喜悦の弾けを感じながら漣は動きだした。湧は今のところつらそうに呻いているばかりだ。でも、それはやがて訪れるだろう腹の底が抜け落ちるようなエクスタシーの前兆であることが漣にはわかっていた。

ふと見ると、窓ガラスに二人の姿が映っていた。乳房とペニスを持ったアンドロギュヌスが、痩せた男を犯している夢のような光景が。

（ああ、綺麗よ、漣）

漣はガラスのなかの自分に微笑みかけた。

# 第七話　尾長鶏、または黒髪を偏愛する性魔

## 1

俺は愛車のレガシーについさっき捕獲した美しい獲物を乗せて、国道246号線を走っていた。リアシートにはセーラー服姿の久我《くが》麻子《あさこ》が、スタンガンの電気ショックの癒えぬまま後ろ手に手錠をかけられて、ミニのプリーツスカートからしどけなく太腿を覗かせている。

三十分ほど走ってアトリエに到着した。雑居ビルの地下にあるタッパの低い、倉庫くらいしか使い道のない地下室を、安く借りたのだ。

そこは何より、出入口が路地裏のゴミ捨場の近くの人目につかない場所にしかない

のが、都合が良かった。

俺はレガシーを車庫に入れると、いまだにぐったりしている麻子を抱えあげて、地下室の階段をおりていった。

防音ドアを開けて、電灯のスイッチを入れる。蛍光灯が瞬いた直後に現出したこの光景を、皆さんにお見せできないのが残念だ。

調光器で地明かりを絞って、代わりにスポットライトのスイッチを入れた。

数年かけて内装した地下室の床には毛脚の長い臙脂《えんじ》の絨毯《じゅうたん》が敷きつめられ、壁には赤いペンキが塗りたくってある。そして二百ワットのスポットライトが天井や床の様々な角度から、そこにあるものを浮かびあがらせていた。

それらは一目見ると、吊られた鉢植えから長い枝葉を持つ観葉植物がなだらかに垂れ下がっているように見える。

だが、色が違う。形状も違う。

五つある鉢のうち三つは、漆黒の闇に似た絶望的なブラックに輝いていた。今もそれらはスポットライトを浴びて、黒いビロードのような艶やかな光沢を誇らしげに見せている。

もうひとつの鉢は、茶色っぽい。斜め上から光を浴びるとキラキラ輝く赤茶色の細い無数のブラウンだ。

そして、最後の鉢はこれらのなかでも独特の光芒を放っていた。マリリン・モンローを連想させる輝かしいプラチナ・ブロンド。

尾長鶏の尾のように垂れ下がっているのは、すべて女の髪の毛である。

しかも、それらは生きている。鬘《かつら》とかのまがいものじゃなくて、正真正銘の生きた髪の毛だ。生きている女の頭から剝ぎとって、俺がここまで育てあげたのだ。

なぜこういうことが可能かについて説明しておこう。人間の髪の根元には毛包という植物の種子がわりの組織が付いている。

ほらっ、元気な髪の毛を無理やり引き抜いたときに、根元にぷよぷよの肉の塊みたいなものが付着しているだろう。あれが毛包といって、髪の命なのだ。したがって、うまく毛包を残せば「人間」という土壌がなくとも、髪の毛は育つというわけだ。

最初のうちは俺も、人間という主人がいなければ髪は育たないと思っていた。ところがそれは大間違いだった。考えてみてくれ。そもそも髪は主人の意志には関係なしに増殖したり、抜け落ちたりするだろう。

人間は髪の主人でも何でもない。ただたんに髪という自立体に頭という土壌を貸して、そのかわりに防御と発汗による体温調節という恩恵を受けているに過ぎない。つまり両者は自立体による共生関係なのである。

このコペルニクス的発想に至ったとき、俺は自分のコレクターとしての方法論を発見したというわけだ。

気に入った髪を宿している女性、寄宿体を捜し出すと、俺はその女を採集してきて、頭髪を剥ぎとった。そして、リンゲル液に手を加えた培養液に髪を浸して育てた。

最初は上手くいかずに失敗を重ねた。が、今ではほらっ、この元気一杯な毛髪を見てくれ。

最近の発見では成長促進剤の投与の方法。これが一番俺を喜ばせた。

髪は毛包の活動期でも、平均して一日に〇・三ミリ～〇・五ミリしか伸びない。これが俺を苛立《いらだ》たせていた。それで考えついたのが、成長促進ホルモンの投与というわけだ。

この投与によって、我が愛しき髪たちはいっせいに歓喜の声をあげ、普通の数倍のスピードで成長を始めた。髪たちは、人というやっかいな代物から解放されて、まるで水を得た魚のごとく生き生きしてきた。

おかげで最も若くて成長期にあたっていた「フランソワ」(俺は髪たちには、以前の寄宿体の女の名前を付けていた) などは、ちょっと見ない間に著しい成長を遂げ、まるで尾長鶏の尾のように、空中の鉢からその煌《きらめ》くプラチナ・ブロンドの毛先が絨毯に届くまでになっている。

フランソワはどうしたかって……?

そんなこと、俺は知らない。たぶん、東京湾の魚の餌にでもなっちまったんじゃないか。

2

俺はずっしりした重みを伝えてくる久我麻子をおろして、グリーンの革張りのソファに横たえた。麻子はまだスタンガンの電気ショックから癒えずに、血の気が失せた顔でときどき吐きそうになっている。

俺が今回採集してきた新しい獲物である久我麻子は、世田谷《せたがや》区にある豪邸の一人娘だ。

都内にある私立のお嬢さま高校の前で網を張っていた俺の前に、麻子が現れたとき、俺は思わず固唾《かたず》を呑んだものだ。

今時珍しいほどの清楚な容姿、手足もすらりと長くて、何より色が白かった。そして、ワンレングスのストレートヘアは、なんと背中を通り越して、腰のあたりまで垂れていた。

普通、髪の毛は六年間で約一メートル伸びる。その後、休止期に入ってやがて髪の毛は抜け落ちる。女の一メートル以上はあろうかという髪は、よほど丁寧な手入れをしないと保てないものだ。その証拠に車のなかから見ても、麻子の黒髪は夏の陽光を反射して、まさに「烏の濡れ羽色」に輝いていた。

俺は彼女の後をつけて、立派な門構えの豪邸に入るところまで見届けた。興信所の所員を装って、近所のクリーニング屋のババアから久我家の事情を聞き出した。それによると、久我家は元華族の名家だが、父親が早死にしたこともあって斜陽にみまわれ、売り食い生活を強いられているらしい。今は母親の久我通子《みちこ》が祈禱師のようなことをして、食いつないでいるという。

母親が祈禱師という不可解なものをしていることが気になったが、屋敷に男の気配がないのが幸いだった。俺は久しぶりに胸が躍るのを感じた。

そして、三日の間、麻子の学校帰りを張って、とうとう今日、麻子を捕獲することに成功したのだ。

「ここ、どこですか……？　あなたは誰？」

ようやく電気ショックから立ち直った麻子が、つぶらな瞳を向けた。瓜実顔の割りには、目は大きくて涙道が発達し、内に秘めた感情の豊かさを思わせる。

「俺の名前は教えられない。ここがどこかも教えられない」

言うと、麻子は眉をひそめた。

「どういうことですか？　私、さらわれたんですか……？　私の家、お金ありませんよ」

「身代金目当ての誘拐とはちょっと違うな」

「じゃ、どういうこと……ですか？」

「さあ、どういうことだろうな」

俺は不安を募らせることを言って、麻子を抱き寄せた。

「いやッ」と突き放しにかかる麻子を抱きしめて、豊かな黒髪の海原に顔を埋《うず》めた。

クリーミーなリンスの芳香とともに、生い茂る草のような野性の匂いがした。

麻子の黒髪は、一本一本が癖のない直毛である。色々と試してみたが、俺はやはり日本女性のみどりなす黒髪というやつが好きだ。日本画家の上村松園《うえむらしょうえん》が描いた日本女性の腰まで垂れた黒髪……とくに「焔」の六条御息所《ろくじょうのみやすんどころ》をヒントに描いたと言われる、ゆるやかなS字カーブを描きつつ床まで垂れた黒髪は、俺を狂喜させた。それの模造画を購入した俺はその前で、何度となく自家発電したものだ。

俺は日本画家が描く女の髪が好きだ。あの一本、一本丁寧に描き込まれた黒髪は、

女にとって髪の毛がいかに大切なものかを教えてくれる。あの髪には魂がこもってい

る。

久我麻子の腰までの黒髪は、それに近かった。いや、そのものだと言っていい。

俺は草いきれの芳香に酔いながら、黒い海原に顔を突っ込み、髪の塊を食らった。

こうすると、髪の特色がよくわかる。麻子の髪は柔らかいのに腰があって嚙み応えが

あった。濡らすとペチャンコになってしまう猫毛よりも、それははるかに強さを感じ

させる。

（この生命力があれば、「麻子」はきっと「フランソワ」をしのぐほどに成長するだ

ろう）

「麻子」が鉢から垂れ下がっている姿を想像して、俺は興奮してきた。髪の海原に指

を分け入らせてクシャクシャにしながら、食っては吐き出す。それを続けるうちに、

股間が痛いほどに張ってきた。

麻子は恐怖からなのか、「ううッ」と嗚咽《おえつ》をこらえて首をすくめている。大声をあ

げて逃げようとしてもおかしくないのだが、やはり育ちがいいのだ。こういう暴力的

な局面に接したことがないのだ。

俺は手錠を外して、セーラー服に手をかけた。何をされるかわかったのか、麻子の目に恐怖の色が浮かんだ。

「駄目ッ……！　警察に訴えます！」

陳腐な慣用句を叫び、ドアに向かって走る。が、スタンガンがまだ利いているのか、足をもつれさせて転んだ。

押さえつけてスカートを引きおろした。純白のパンティが眩《まぶ》しい。俺は一気にコットン製らしいパンティを脱がした。おとなしくなった麻子のセーラー服を剝ぎ取る。まろびでた純白のブラジャーを毟《むし》りとると、麻子は両手で胸を覆ってへたりこんだ。

「これが、目当てだったんですか。こんなことが……？」

つぶらな瞳を向けて、にらみつけてくる。その意外な気丈さにますます欲望を煽《あお》られて、俺は無言のままビンタを浴びせた。泣き崩れる麻子の黒髪をつかんで、地下室の片隅にあるダブルベッドに転がした。

黒髪が映えるように白いゴムシートを敷いた大型ベッドには革製品の拘束具が取り付けてある。長い手足を拘束して大の字に身体を縛りつけると、黒髪を扇状に開かせた。

何しろ一メートル以上の長さなので、少しだけ髪の先がベッドからはみだしてしまった。それでも、放射状に伸ばされた黒髪は、雪白の肌とあいまってゾクゾクするほどに官能的だ。

麻子は先ほどのビンタが利いているのか、放心状態で虚《うつ》ろな目を宙にただよわせている。

だが、そのしなやかな色白の裸身と黒髪のコントラストは、まさに俺が思い描くとおりの美しさを保っていた。さすがに没落したとはいえ華族の家系である。中学で初体験を済まして放蕩《ほうとう》の匂いのするそのへんのコギャルとは違って、匂い立つような気高さが感じられるのだ。

そして、大きく開かれた太腿の奥には、頭髪とは違うもうひとつの小さな草むらがあった。まだ少女の面影を残して、ぷっくりと膨らんだ恥丘には、頭髪とは違って薄い縮れ毛がまばらに生えている。思ったより薄い恥毛に失望したが、仕方がない。

その草むらがなだれこむあたりに肉紅色の扉が、ねじれあわさるようにしてしっかりと口を閉じているのが見えた。

俺は性器そのものに興味があるわけじゃない。ただ、セックスすると女の髪も精気を放ち、匂いが強くなる。それが好きで、俺は女とやるのだ。

俺は足の間にかがみこみ、クンニをしてやった。シャリシャリした繊毛の感触が堪《こた》えられない。

「ううッ……ううン、やめて……」

麻子はつらそうに声を洩らして、恥部を逃がそうと腰を右に左にくねらす。まばらな繊毛を唾でベトベトになるまで舐め、時には嚙んで引っ張ってやる。

「痛アァ！」と、麻子が悲鳴をあげる。

抜けた繊毛を唇に付着させて、俺は未発達な肉びらとその間の肉庭も舐めてやる。

「ううッ」と唇を嚙んでいただけだったのが、次第に「うふッ、うふッ」となまめかしい女の声に変わっていった。

（くそッ、女って生き物はなんて淫らにできているんだ！）

俺は女の足を戒めから解放してやると、足の間に腰を割り込ませた。そして、いきりたつディックを花肉のすぼみに押しあてておいて、ゆっくりと押し入った。

内部はぬめりに満ちていた。挿入時のきつさからして、麻子は処女に違いなかった。なのに、膣の中はぬめり、層をなす肉襞がまとわりついてくる。腔腸動物の尻から指を入れたようなぬめりとざわめきに、俺は夢中になった。

遮二無二腰を叩きつけながら、腕を伸ばして髪の毛をつかんだ。一メートル以上はあるのでこういう形で挿入していても、俺は髪の束を顔に押しつけることができた。

（あ、なんていい匂いなんだ）

クリーミーなリンスの芳香が、少しずつ獣じみたものに変わってくる。夏の鬱蒼と繁った草むらが放つあの匂い、そして雄のジャコウジカの分泌腺を乾燥して作ったと言われる動物的なフェロモンの含まれた麝香《じゃこう》の香り……それらが渾然一体《こんぜんいったい》となって、鼻腔《びこう》からしのびこんで性中枢を直撃するのだ。

麻子は魂の抜けた人形のように動かない。ボウとした虚ろな目を宙に向けて、血の気が失せた白い仮面をさらしている。

俺は黒髪の大海原に酩酊《めいてい》しつつ、急激に昇りつめた。

3

それからの一週間、俺は「麻子」の手入れに精を出した。俺は麻子に添い寝する形で寝た。干し草みたいな香気を発する漆黒の闇のなかに顔を埋めたり、その百二十一センチの長さの髪の束を体に巻き付けたりして、黒髪の大海に溺れて心地よい眠りについた。

目が覚めると、俺は麻子を後ろから犬のように犯しながら、髪の毛に頬擦りした。勃起に髪の毛を巻き付けて射精した。

それから、麻子を風呂に入れて白い裸身を磨きあげた。腰までの黒髪を洗ってやって、これ以上はできないというところまで手入れした。

俺の秘密をひとつここで打ち明けよう。俺は女の髪を洗いながら、勃起する。そんなとき、ぼんやりと思い浮かぶのは母の髪のことだ。

まだ幼い頃、母は長い髪をしていた。背中まで垂れた直毛の豊かな髪を、母が洗う光景を、子供心に胸をときめかせて眺めていたのを昨日のことのように思い出す。

その頃、田舎の旧家であった実家には、シャワーがなかった。母と一緒に風呂に入ったとき、母は木製の洗い桶で風呂の湯をすくって髪を洗った。母がザーッと湯をかけると、黒々とした長髪が濡れて一挙に妖しい黒い物体へと変わった。濡れた黒髪ほどエロティックなものはない。

母にはよく洗髪の手伝いをさせられた。シャンプーをつけた母の髪の森に、小さな手を分け入らせて出鱈目《でたらめ》にかきまぜるとき、まだ皮を被《かぶ》ったかわいらしい俺のペニスが母の背中にあたり、気持ち良かった。

そして、母が檜の床面に斜めに膝を崩し、洗い桶に黒髪を浸したとき、それは水の中でたゆたう藻のように放射状にひろがり、不思議な生き物と化した。

　ゆるやかなS字カーブを描いて顔の前に垂れた黒髪をギユッと絞るときの母の姿はまるで一枚の絵のようだった。少しねじれたふくよかな母の肉体、髪が前に集められているためにさらされたうなじには後れ毛が生えて、子供心に胸ときめかせたことを覚えている。

　そう言えば……まだ一歳にも満たない頃、俺は風呂場でよくオッパイを飲んでいたような気がする。母の豊かな乳房を独り占めできた陶酔の時期に、俺は母の髪によって包まれていた。

　だから俺は洗髪には時間と手間を掛ける。その後には、「麻子」に椿油をつけてたっぷりと時間をかけてブラッシングをした。椿油に惹かれるのは、きっと母がつけていたせいだろう。

　長い髪の間に櫛を入れるとき、櫛の歯から光沢にみちた黒髪がすり抜けていくさまは、俺にとってはまさに夢の空間だった。

　人は絶望的な監禁状態に長くいると、感情のほうも常軌を逸してくるらしいが、麻子の場合もそれだったのだろう。一週間、セックス漬けにして、洗髪とブラッシングを繰り返しているうちに、麻子の心から反発心が消えていった。そして、諦めからなのか、この略奪者に対しても口をきくようになった。

俺が髪を梳《す》いていると、麻子が話しかけてきた。

「私、母から髪を切るのを禁じられているんです」

鈴を転がすような凜とした涼やかな声だ。

「なぜかな？」

「……母も結婚するまで、髪を切らなかったそうです。でも……父が死んでから母はまた髪を伸ばしはじめて」

「お母さんは、祈禱師をやられているらしいね」

「というか……新興宗教の教祖みたいなことしてるんです。邪教だって言われてるらしいですけど」

「俺、呪い殺されるかもしれんな」

麻子はフッと笑みを洩らして続けた。

「母によると、神霊は長い髪に寄りやすいんだそうです。だから神に仕える巫女は、長い髪をしているでしょ？」

ということは、麻子の母は麻子を巫女に育てるために髪を伸ばさせているのだろうか。俺は少し怖くなった。

「あなたは、私の髪を切るつもりなんでしょ？」

麻子が唐突に言った。地下室にある鉢植えの髪を眺めていれば、それは容易に推測できることだが。

「よしたほうが、いいですよ」

麻子の話によると、麻子がまだ小学生の頃、彼女の髪を悪戯《いたずら》で切ったイジメっ子がいた。その男児はそれ以来、髪の毛で首を締められるという悪夢にうなされるようになり、それは麻子が私立中学に進学して離ればなれになるまで続いたという。

俺は作り話かもしれないと考えた。いや、そう思うことにした。余りにも怖い話だったからだ。

俺は内心のパニックを押し殺して、地下室にある洋ダンスを開けた。そこには数本の三つ編みにされた髪が吊り下がっていた。

俺は死んだ髪をこうやって葬ってやっていたのだ。

眉をひそめている麻子に向かって言った。

「悪いが、きみの毛を少しだけ切らせてもらうよ。きみの言っていることが本当かどうか確かめてみたいしね」

「どうなっても知りませんよ」と言う麻子を鏡の前に座らせて、美容師が使う鋏《はさみ》で髪の毛を一束切った。

命を失った一束の髪は、俺の手のなかでぐったりとしていたが、黒々とした光沢は失っていなかった。

「それを、どうなさるんですか？」

「これを編んで、髪の鞭を作る。きみを鞭打てるようにね。それと……」

俺はいつもやっている儀式にとりかかった。裁縫箱を出してきて、なかから木綿針を一本取り出した。麻子が何をするんだろうという顔でこちらを見ている。

先ほど切った麻子の髪の毛を一本選んで、細い先を針の頭に通した。一メートルほどの長さの毛を二重にする。この時すでに俺のディックは勃起していた。

硬くなった肉茎の根元に毛を一周させて、ひとまず縛る。固定させておいてから、針を操って勃起にきつきつに巻いていく。ドクッ、ドクッという脈動が感じられる。

血管が浮きあがって充血した海綿体にナイロン糸のような髪の毛がきっちりと食い込んでくる。

何回となく巻いて絞りあげると、肉茎はボンレスハムのように凸凹ができる。

自分の勃起を髪で縛りながら、俺は至福に酔いしれていた。分身をきつきつに絞りあげている髪が、今麻子の頭皮から採集したばかりのものだと思うと、よけいに興奮が高まった。

最後に結び目を作って針を取る。洋ダンスのなかから、髪で編んだ縄を取り出した。おぞましいものでも見るように眉をひそめている麻子に近づいた。

麻子は生まれたままの姿で、胸と股間を隠して床に座っていた。俺は髪の縄を鞭がわりにして麻子を打った。麻子は手を挙げて、顔を護《まも》った。だが、それ以上のことはしなかった。

髪の鞭が唸りをあげて麻子の背中にあたって、跳ねた。幾度となく打擲《ちょうちゃく》すると、麻子の喉からは押し殺した呻きが洩れた。打たれるたびに鋭い痙攣の波が白い裸身のはしばしまで津波のようにひろがる。

逃げようとしない麻子に、俺は逆に憤りをおぼえた。麻子の腕を背中にひねりあげて、ほっそりした手首を髪の縄でくくった。

床に這わせて、お尻を持ちあげた。しなやかに反った背中には赤く鞭痕が走っている。

俺は髪でグルグル巻きになった勃起を、麻子の小さなぬめりに押しあてた。

「いけないわ。こういうことをすると、罰があたりますよ」

このときになって、初めて麻子が抗《あらが》いを示した。

「さつきも言っただろ。それを確かめるんだよ」

後ろからシンボルを打ち込んだ。麻子はつらそうに呻いた。その腕をくった髪の縄をつかんで、静かに抽送する。

きつきつの膣肉で髪の毛がよれて、グランスの表面を摩擦する。海面体に細い毛が食い込んでいるせいで、鬱血状態に陥っているのか、ペニスが燃えているようだ。こういうことをすると、髪がいかに強靭なものかがわかる。

不安定な体勢を取らされた麻子は肩で体重を支えて、打ち込むたびに「うッ、うッ」と声を吐き出している。

少しは男の良さがわかってきたようだが、まだまだ性の悦びを知るには遠いようだ。

それにしても、自分の髪の毛でくったペニスで犯されている気持ちはいったいどんなものなのか？

それを考えると、俺は加虐的な悦びを感じた。

膨張しきっていたはずなのに、またペニスが肥大したような気がする。そのせいか、ますます髪の毛の締めつけ感が強まり、俺はドクドクいうペニスの鼓動と髪の毛が渾然一体となって竜のように空高く舞いあがる光景を想像した。

「うおォォ！」と吼《ほ》えていた。唸り、咆哮《ほうこう》をあげながら、狭い肉路を突いた。

「あッ……」と、麻子が愛らしい声を洩らして、それまで伏せていた顔をのけぞらせた。腰まである長い髪がざわっと散って、くびれた腰まわりからさらさらと垂れ落ちる。

俺は髪のおりなす万華鏡に我慢できなくなって、ひと握りの黒髪をつかんで引っ張り、毛先を顔面に押しつけた。

髪の放つ芳香を胸一杯に吸い込む。熱帯の密林みたいな匂いを嗅ぎながら、ズンズン打ち込んだ。もう射精していたはずだった。なのに、髪がぎっちりと食い込んでいるためか、精液がせきとめられて噴出しないのだ。俺は連続的にグランスを押し込んだ。すると、

「うン、うン……あッ、あッ……」

麻子の口から洩れる声に、女が感じるときの声色が混ざりはじめた。髪の毛を後ろに引っ張られて、上体をのけぞらせるような苦しげな格好で、麻子は悩ましい声をこぼす。

俺は夢中になって腰を使った。そのとき、勃起を縛っていた髪の糸がプツリと切れ、血液が一挙に先端にまで流れ込んだ。

「おおゥ！」

俺はその余りの気持ち良さに射精していた。ペニスがロケットのようにどこかに飛んでいってしまうような快感だった。

一滴残らず精液をぶちまけた俺は、排出感の余韻に酔いながら、ペニスを抜いた。麻子が床に崩れ落ちた。

お尻を突き出すような格好で横になって伏せている。黒髪が扇形に背中から床へとひろがり、後ろ手にくくられた手首から先が赤紫に変色していた。

俺は手首を縛った髪の縄を解《ほど》くと、血行が悪くなった麻子のてのひらや指を丹念にマッサージしてやった。

麻子はそんな俺を不思議なものでも見るような目で眺めていた。

4

一週間後の夜、俺は奇妙な夢を見た。

まずは獣が囁《ささや》きあうような、あるいはモーターの唸る音に起伏をつけたような音が聞こえてきた。地下室の空気が何か生臭いものに変わっていた。その音は麻子の頭髪を源にしているらしかった。

やがてブーンという奇妙な音が最高潮に達したとき、俺は信じられないものを見た。鉢から垂れ下がった髪たちが、静かに波うちはじめた。黒髪が赤毛がブロンドが、心臓の鼓動そのもののように呼吸していた。

やがて、それらは鉢をいっせいに離れはじめた。ズルズルと絨毯の上を蛇のように這う毛髪は、どうやらベッドに横たわる麻子めがけて進んでいるようだった。

麻子の黒髪は、自立した生き物のように逆立ち、コブラのように立ちあがっていた。そして、低い獣の唸りをあげているのだ。

（夢だ、これは夢なのだ）

俺は恐怖のあまり、覚醒を願った。だが、瞼《まぶた》が糸で縫い付けられたようで目を開けることができなかった。

そうするうちにも、ズルズルと進んでいた髪たちが、麻子の裸身に這いあがり、まさぐりはじめた。あるものは蛇のように身体をくねらせて乳房にたどりつき、頂上のピンクの蕾にくるくると絡みついた。

細い紐と化した髪の毛は、乳輪と乳首の根元に幾重にも巻きつき、小さな乳首はまるで赤子に吸われているように伸びた。

髪の大群が少女の裸身を這いずりながら、くまなく愛撫しているのだった。麻子の寝息が何やら淫靡なものに変わった頃、髪の触手が左右の足首に巻きついた。麻子の足が一瞬のうちに開かれた。

そして、さらされた太腿の奥に、一束の髪が音もなく侵入した。それはずるずると秘腔のなかに入っていく。

やがて麻子の腰が少しずつ動きだした。成熟しかかった肉の塊がこれ以上はないというくらいに淫らにうねり、揺すりあげられる。

麻子のととのった横顔には淫蕩の色が浮かび、眉が褶曲《しゅうきょく》し、赤い舌が唇を舐めあげた。

その淫靡な光景を眺めながら、俺は猛烈に勃起していた。俺の育てあげた髪たちが、腐肉に群がるハイエナのように麻子の裸身を埋め尽くし、黒や金白色の強烈な色彩で肌が隠れるほどに群がり、歓喜のダンスを踊っている。

そのとき、俺は髪であり、髪は俺だった。

次の瞬間、少女の身体が躍りあがった。エクスタシーに達したかのようにブルッ、ブルッと腰が持ちあがり、静かに落ちた。

俺は唸り声をあげて射精していた。身体中の精液が絞りとられていくような快感が背筋を貫いた。精液の泉が涸《か》れるんじゃないかと思うくらいの強烈な射精だった。

## 5

ほんとうにこれは夢だったのか……?

翌朝目覚めたとき、俺はザーメンが下腹に乾いてこびりついているのに気づいた。夢精しちまったようだ。

あわてて地下室を見回すと、鉢の髪たちは元のままだった。麻子も眩《まばゆ》いばかりのお尻を向けて眠っている。やはり、夢だ。しかし、夢というにはあまりにも生々しすぎた。

麻子が言ったように、「麻子」が霊力を発揮して、俺の視床下部に働きかけ、こんな悪夢を見させたのだろうか?

そろそろ決行の時が迫っているのかもしれない。このままでは俺の頭がやられちまう。

俺はそう直観した。

その日、いつものように「麻子」の手入れをしてから、俺は解剖台のセッティングにかかった。廃棄処分になった監察医が使っていた死体解剖台を俺が裏で手をまわして引き取ったものだ。頭皮を組織ごと剝ぎとったときに流れる大量の血液を処理するのに必要だったからだ。

床に座って、その様子を見ていた麻子が言った。

「あなたのために言うのです。おやめになったほうがいいです。母が言っていました。麻子の髪には霊が宿っているって……」

「うるさい！　この前、麻子の髪を切っても何も起こっていないじゃないか」

俺は平手で頰を思い切り張っていた。恐怖の裏返しだった。

絨毯に倒れた麻子に馬乗りになり、黒髪を鷲づかんで、後頭部を床に何度も打ちつけた。

「わかりました。わかったから、乱暴はやめて！」

珍しく麻子がポロポロと涙を流した。

俺は少女の涙に誘われるように、最後のセックスに挑んだ。

この数日間で、麻子の肉体は確実に変化していた。ただ歯を食いしばっていただけの稚拙さが消え、俺の愛撫に応えて華奢な肉体が淫らに蠢《うごめ》くのに、俺は気づいていた。

麻子を絨毯に押し倒し、正面から押し入った。まだ窮屈な肉の道を押し広げてグランスを挿入させているうちに、麻子は初めて自分から両腕を俺に絡ませてきた。

「うン、うン……あっ、あっ」

愛らしく悩ましい声がスタッカートした。俺を籠絡するための演技かとも考えたが、とてもそうは見えなかった。俺は腰を使いながら、まだあどけなさの残る東洋的な美貌にキスをしまくった。

胸にもキスをしてやりたくなり、よくしなる背中の後ろに手を入れてグイと持ちあげながら、俺も絨毯に足を伸ばして座る。

麻子は向かい合う形で俺の股間に恥部を押しつけてくる。まだ成長途上なのだろう、洋梨のように先が尖った卑猥な乳房に、キスを浴びせ先の突起を吸った。

すると麻子は「ああンン」と切なそうな声を洩らしながら、上体を反らせた。その瞬間、長い黒髪が流れ落ちる滝のようにザーッと後方に真っ直ぐに垂れ落ちて、俺の足をくすぐった。

俺はその魅惑的な光景に目を奪われながら、腰を下から突きあげる。麻子の肉体がバウンドするみたいに弾み、そのたびに乳房と黒髪が呼応して波のように揺れ動いた。

俺は少し意地悪な気持ちになった。そのまま後ろに倒れ、仰向けになって女上位の体位をとった。

麻子はどうしていいかわからないといった様子で恥ずかしそうに黒髪の陰に顔を隠

している。

「動くんだ。自分から腰を振るんだ」

躊躇《ためら》いの後、流線形の腰がゆるやかに動きはじめた。前屈《まえかが》みになった麻子は、腰を後方に突き出す形で前後に恥部を擦《こす》りつけてくる。

乱れ髪のかかった顔はほんのりと上気し、神秘的ななかにも初々しい女の色香がにじみでていた。

できることなら、この女は救ってやりたかった。だがこの黒く、太く、密生した良質の黒髪は、おそらく俺の生涯で一度会えるかどうかの最高の生き物なのだ。

珍種の蝶を発見した蝶のコレクターは、どんな犠牲を払ってもその蝶を捕獲し、展《てん》翅《し》台に張りつけるだろう。それと同じなのだ。

俺は狂熱に浮かされたような不条理な情熱を、どうすることもできない。

「うン、うン……あぁァ」

麻子のなまめいた声がする。これが最後のセックスだと気づいているのか、麻子はこれまでとは比較にならないほどに大胆になり、自分から腰を使った。やはり、死期を意識したセックスほど凄絶なものはないのだ。

乱れ、ほつれた黒髪から、香ばしい椿油の芳香が飛んでくる。植物性の油をたっぷりと塗られてブラッシングされた黒髪は、まさに地獄の使者の烏の濡れ羽のごとく、おぞましいほどに妖美であった。

「おおゥ、麻子、イケ！」

俺は腰を猛烈に突きあげた。

「ああァァ……ううっ、くうゥ……いや」

下腹部の上で裸身をバウンドさせた麻子は俺の腹を握りしめた。最後に生臭い声をあげて、上体をのけぞらせる。黒髪がバサリと躍って後方に落ちた。

俺は絶頂の痙攣を分身に感じて、欲望の塊を解き放った。頭の芯が砕け散るような強烈なエクスタシーにとらわれて、俺は地獄の闇へと落ちていった。

6

全身麻酔をかけられて、解剖台に横たわっている麻子は、まるで白い蠟人形のように病的な美しさに輝いていた。

俺は右手に電気メスを握ると、その先をまず麻子の額、毛の生え際より三センチほど下に置いて、ゆっくりと横に走らせる。タンパク質の焦げる匂いとともに、鮮やかに一本の線ができた。

プッ、プッと血の玉が湧いてくる。

それから俺は、大切な髪の毛を傷めないように充分に気を遣い、こめかみから耳の上部へと、さらには後頭部へと電気メスを走らせる。右側と左側から別々にメスを入れて、延髄のあたりで切れ目を合わせる。

それから、前頭部から頭皮を器具を使って慎重に剝いでいく。皮下組織を傷めないように剝ぐにはコツが必要だった。だが、俺はこれに関してはすでにベテランの領域に入っていた。

ピンクがかった白い頭蓋骨がのぞいた。あれほどにかわいかった麻子も、一皮剝けばこうなるのだ。俺は神の作った人という生き物の不思議さに胸打たれながら、慎重に頭皮を剝ぎとっていく。

やがて頭皮付きの黒髪が、まるで鬘みたいにズルッという感じで寄宿体から離れて、俺の手に落ちた。

俺は宝物を扱うように丁寧に黒髪を運んで、頭皮の部分を用意しておいた培養液に漬けた。この状態でしばらく様子を見てから、本格的な栽培にかかることになる。

きっとこの「麻子」は順調に生育して、「フランソワ」をしのぐほどに高貴な尾長鶏へと成長することだろう。

（さあ、たっぷりと栄養を吸収して、早く、立派になるんだよ）

俺は満面に笑みを浮かべて、「麻子」の艶やかな光沢を飽きることなく眺めていた。

三カ月後、住民の通報で駆けつけた交番の若い巡査は、雑居ビルの地下室のドアを開けた途端、アングリと口を開いた。

タッパの低い地下室は真っ黒の髪の毛らしいもので、熱帯のジャングルのように埋め尽くされ、足を踏み入れるのも容易ではなかった。

幾重にも枝分かれして、瘴気《しょうき》を放つ黒髪の蔦をかきわけて室内に入った若者は、そこに転がっているものを見て唖然とした。

悪臭を放つ二つの腐乱死体があった。丸坊主にされた全裸の女が解剖台に寝かされていた。もうひとつは男の死体で、組織の崩れた男の首には黒髪の束が何重にも巻きついていた。

若い巡査は、「うぇッ」と横隔膜を震わせた。胃からあふれでようとするものを口に手をあててふせぎ、部屋を飛び出していく。

# 第八話　骨のピアス、または秘裂を象る官能のオブジェ

## 1

「ねえ、暗くしてほしいんだけど……」

シャワーを浴び終わり、バスタオルで胸から下を覆った女は、ちんけなラブホの派手なベッドに裸身をすべりこませながら、俺を探るような目で見た。

女とは新宿歌舞伎町《かぶきちょう》の地下にあるアンダーグラウンドなバーで知り合ったばかりだった。

クラシックな黒を基調とした一目見て高級な仕立てだとわかるスーツを着こなした女は、チャイニーズ系が目立つ店の中ではその上品すぎる点で完全に浮いていた。

そんな女と知り合いになれたのは、俺が耳と鼻にしている合わせて九つのピアスのせいだ。

俺は照明の設営工事の会社に勤めている。自慢じゃないがO競馬場のイルミネーションは、俺の会社が作ったのだ。いわば照明のプロであり技術屋だから、俺が耳や鼻に目立つピアスをしていても、髪の毛の一部を金色に染めていても、それに文句を言う奴はいない。

で、話は二時間前に戻るが、バーのカウンターで水割りを飲んでいた俺は、少し前から隣の女が気になっていた。三十代前半だろうか、骨格がはっきりした眉に力のあるいい女だった。それに、いい匂いがした。

なんという香水なのだろう。アニマルノートでありながら甘ったるく、それでいて俺が前に某劇団の照明係をやっていた頃に行ったイランの香辛料市場みたいにスパイシーな刺激が利いていた。俺は現物にお目に掛かったことはないが、阿片というのはきっとこういう甘く危険な匂いなのだろうと勝手に思った。

鋭くV字に切れ込んだ胸元の、ゴム毬《まり》みたいに張りつめた乳房の谷間を盗み見していると、女が話しかけてきた。

「それはご自分でお入れになったのかしら？」

俺は「そうですよ」と答えて、自慢のイヤー・リングがよく見えるように、髪の毛をかきあげてやった。

左の耳には、軟骨や耳たぶに八個のサジカルステンレス製のビーズリングやバーベルが入っている。数が多いので、リングの太さは細めの十六ゲージから十二ゲージ。内径も九ミリから十三ミリ程度だ。小鼻にも小さなノストリルを入れている。外国のミュージシャンを真似て、自分の手で入れたものだ。

「大変だったでしょ？」

「そうでもないすよ。けっこう、楽しめましたよ」

「そう……」

ギクシャクした会話を楽しみながら、俺は女の牡蠣《かき》の殻みたいに格好のいい耳に付いている高そうなゴールドのピアスを眺めていた。

女が、二つの孔《あな》にひとつのリングを通すオービタルを見て不思議がり、そのやり方なんかを聞いてきたので、俺は懇切丁寧に教えてやった。ここまでピアスに興味を持つ女は珍しい。これはナンパできるかもと思って、俺は聞いてみた。

「今日は、お一人ですか？」

女は静かに頷いて、同じことを聞き返してきた。

「一人ですよ、もちろん」

「そう……つきあってくださらない？」

女は目尻の切れあがった黒い瞳を向けた。俺が頷《うなず》くと、女はスツールから腰を浮かした。

ほんとうは俺にはやっておきたいことがあった。ここを根城にしている上海《シャンハイ》マフィアの怖い兄ちゃんから、中国系のドラッグ揺頭薬《ヤオトウヤオ》を分けてもらいに来たのだ。

だが、同じハイになるなら、向精神剤よりも女のほうがいいに決まっている。

タイトなスカートが張りついた流線形の腰を追って、俺も席を立った。

2

「暗くして」と言われて、俺はセンス最悪の壁紙を浮きあがらせているラブホの間接照明をＯＦＦにした。

薄闇のなかを、例の阿片のような匂いの粒子が飛んできた。俺はその匂いを頼りに女を抱いた。

女の身体は想っていたより、量感にあふれていた。妙な言い方だが、ずっしりして大人の女の安定感があった。俺のセックスメイトであるミドリの華奢な肉体とは比べ物にならなかった。

抱きしめ、唇を吸った。女は少しばかり呼吸を荒くしながら、俺の舌を情熱的に吸いあげてきた。何かに餓えているようなキスだった。舌を執拗《しつよう》にからませあっているうちに頭がウニみたいにグニャグニャになった。

胸のあたりを探ると、わずかに汗ばんだ乳肌が心地好い弾力で指腹を押し返してくる。感触を確かめるように揉みこんで、頂《いただき》へ指を進めた。その瞬間、俺は凍りついた。

冷たく硬いものが指先にあたった。すぐにそれが何かわかった。

「びっくりなさったでしょ？」

暗闇のなかから、女の艶やかな声が吐き出された。

俺は無言で、女の下半身に右手をすべらせた。女が太腿を締めつける寸前に、俺の指は恥丘へと辿《たど》りついていた。あるべき毛のザラつきがなかった。そして、硬質な金属の冷たい感触が指先をひんやりさせた。

「いやかしら？」

女が聞いてきた。

「こんな女と寝るのは、おいや？」

「なんでそんなこと聞くんだよ。俺の耳のピアスを見ればわかるだろ？」

「そうね……ごめん。ちょっと心配だったから」

「見せてくれよ」

ベッドの枕灯りのスイッチを入れた。淡い浅薄な照明に、乳房の白さが浮かびあがった。これまで見たことがないほどに豪華なニップル・ピアスが、乳首を飾っていた。バスト自体も外国のグラビア誌でお目にかかるような見事なオッパイだった。文句のつけようがない隆起にアクセントをつける乳輪には、星形の金細工がぴったりと張りついて乳肌に食い込んでいた。そして、星形の真ん中からせりだした乳首を、金色に輝くバーベル・スタッドが真一文字に貫通していた。その横棒に乳首を挟むようにして、馬蹄《ばてい》形のピアスが吊られている。

「すごいな、これは。金なのか？」

「ええ、一応十八金。全部、オーダーメイドなのよ」

そう語る女の言葉の端々に、プライドが見え隠れする。

無理もない。女のゴージャスなピアスを見れば、これまで俺が見たニップル・ピアスがいかに貧弱なものであるかがよくわかった。

「触っていいかな？」

俺は一応断りを入れて、リングを引っ張った。乳暈とともに乳首が引っ張られて、赤子に吸われたみたいに伸び、女がつらそうに呻いた。

俺は欲しかった玩具を手に入れたガキのように乳首をもてあそび、舐めた。ゴールドの冷たさと乳頭の柔らかさが微妙に口のなかで溶けあって、俺を夢見心地にさせる。

俺の夢はアンドロイドとセックスすることだった。もともとメタルのような硬質で光沢のある無機質が好きだった。たぶんそれで自分もピアスを入れているのだろう。

舐めたり、噛んだりしながら、じっくりと鑑賞させてもらった。細工を施された十八金の星形と馬蹄形のピアスは、巧緻な繊細さをたたえて、まさに宝石に近いものだった。そして、唾にまみれたボディジュエルと、その狭間《はざま》で窮屈そうに悲鳴をあげている肉の蕾のミスマッチな感覚が、たまらなくセクシーだ。

女はこうされるのが悦びなのか、されるがままになって、くぐもった声を洩らし、シーツをつかんでいた。

下のほうのピアスも確かめたくなって、顔を下半身へと移動させた。

大理石の円柱みたいな太腿の合わさる秘めやかな箇所の、いたるところに金色の装身具がちりばめられていた。

陰毛の痕跡さえ消し去られた剝きだしのヴァギナがわずかに内部の濃いピンクの粘膜を覗かせていた。見られることに慣れているオマ×コだなと、俺は思った。そうでなきゃ、こんな完璧なオマ×コになるはずがない。俺はピアスの数をかぞえた。

インナー・ラビアに三対の小さなリング、花房を支えているアウターに一対のやや大きめのリングが入っていた。そして、クリトリスの包皮部分の根元、つまり上部には内径十三ミリほどのリングが吊られている。ちょうど垂れ下がったリングのボール部分がクリトリス本体に触れるように調節されていた。女が興奮してクリちゃんの包皮がめくれると、小さなボールが勃起した肉芽にあたる仕掛けだ。クリトリス・フッドと呼ばれるポピュラーなセックス・ピアスだ。

これまでにもヴァギナ・ピアスをした女を見たことがあるが、彼女のは本体が貧弱だったせいか、みすぼらしくさえ見えたものだ。だが、この女は違った。女のオマ×コがくっきりと立体的な形をしているせいか、すべてのピアスが際立っていた。

(パーフェクト……!)

俺は心のなかで巻き舌をつかっていた。

誰がこの女をこんな完璧な身体に仕上げたのか?

俺はまだ見ぬその男を尊敬する。

「もう、いいかしら？」

長い鑑賞に羞恥心が湧いたのか、女が足を閉じようとする。

「もう少し、見せてくれよ」

俺は膝に手をあてて左右に押し開いた。

見られているだけで興奮するのか、やがてリングで飾られたラビアが、熱湯に入れた貝みたいに口を開いた。肉びらがほつれて、内部の鮭紅色のぬめりがはっきりと見える。

「ねえ、何か言って。そんなに無言で見られてると、怖いわ」

女がバージンのように羞恥心を示した。

「パーフェクトだよ。こんなに完璧なセクシャル・ピアスにはお目にかかったことがないよ。お世辞じゃないさ。触っていいか？」

聞くと、女は顎を引くようにして頷いた。

俺はまず、小陰唇に食いついたリングをまとめて引っ張ってやった。フリルみたいな柔軟な肉襞が左右に伸び切り、なかからナメクジみたいにぬめる膣口が姿を覗かせた。

俺は吸い寄せられるように、膣口に指を突っ込んだ。狭隘《きょうあい》な肉道は煮つめたホールトマトみたいに熱く滾《たぎ》り、粘着力のある肉の層が二本の指を食いしめてきた。

指をバイブレーションさせながら、クリトリス・フッドのリングを引きあげた。包皮が伸び、瑪瑙《めのう》のような陰核が剝きだしになる。赤紫に充血した陰核を舐めてやる。

「あぁァ、そこ、いやッ……」

腰が左右に逃げた。なおも追ってしゃぶると、「ああンン」という声とともに下腹がいやらしくせりあがってきた。

俺の愚息は猛烈に勃起していた。男のなかには何も付けていないナチュラルなままのオマ×コがいいという奴もいるだろう。だが俺は、何事にも手を加えられたものが好きだ。余りにも自然なものはつまらない。人間の趣向というものがない。自然信仰は美意識のない怠慢な人間がすることだ。

いやらしく突き出されたカントを鼻面に押しつけられて、俺はもう我慢できなくなった。

女の足の間に体を入れ、ちょっと足を抱えて入れやすくした。拒む様子のない女に勇気づけられて、ギンギンの肉棹を一気にねじこんだ。

「はゥゥ……！」

女がシーツをつかんで、顎を突き出した。

ちょっと余裕の感じられるオマ×コだった。窮屈さはないが、幾層にも分かれた肉襞がひたひたとまとわりつく感じで、俺は底無し沼に吸い込まれていく自分の姿を想った。

ゆっくりとピストン運動させる。すると内側に引き込まれたインナー・ラビアに付いた何個ものリングが俺のディックにあたった。

挿入の角度や深さによって、冷たく硬いリングがあたる箇所が違って、違和感を感じる場所が変わる。もともとアンドロイドとすることが夢の俺は、桃源郷に彷徨《さまよ》っている気分だ。

女はみだらに唇を舐めあげ、突くたびにゴム毬みたいな乳房を豪快に波うたせた。

俺は腕立て伏せみたいに腰を使いながら、ニップル・ピアスをもてあそんだ。リングの中に指を入れて引っ張ると、尖った乳首がゴムみたいに一杯に伸び、赤子に吸われた母の乳首みたいに細長くなる。

「ああ、それ、感じるわ」

女は切ない声をあげて、自分から腰を使いだした。ストロークに合わせて恥丘をせりあげ、腰を振る。

「ねェ、ねェ、オッパイを嚙んで」

女は豊満な胸をせりだしてくる。

「先っぽを嚙むのか？」

「そう、リングごと嚙んで。早く！」

だがこの姿勢では無理だった。そこで俺は女の腰に腕を入れてヨイショと持ちあげた。自分は足を伸ばして座る。対面座位の格好だ。

目の前に、金細工のゴージャスな装飾を施こされた乳房が息づいていた。蒼い静脈を透けださせた乳肌はあくまでも白くて凜と球形に張っている。その目玉の部分に舌を出したような形で、金細工を施されたリングが吊られている。

たまらなくなって俺はむしゃぶりついた。舌に直径三センチ程もある馬蹄形のリングがあたった。丸くて冷たくてツルツルしている。

俺はオシャブリを銜《くわ》えていた頃のことを思い出した。舌でリングを転がしてもてあそぶと、女はそれがいいのか「ううン、ああンン」とセクシーボイスを響かせる。

「嚙んで、思いきり嚙んで」

女の要望に応えて、ガヂリッと乳首の付け根を嚙んだ。星形のピアスが歯茎に食い込んだ。

「はンッ……！」

女がつらそうに呻き、顎を突きあげた。

マゾっけが強いのかもと思って、俺はますます強く噛んでやった。歯軋《はぎし》りするみたいに。

女は、「くくくっ」と鳩が鳴くみたいな声をこぼして、痙攣するように背中を反りかえらせた。

「あァ、イクッ、イク……今よ、突いて。オマ×コを突いてちょうだい」

こんな美人から、露骨な俗語を聞けるとは。俺は噛む代わりに乳房を鷲づかんで、下から腰を跳ねあげた。連続して腰を突きあげる。

「ああァ、おかくしなりそう……」

「そうら、イケよ」

突くたびに、後ろに垂れ落ちた女の黒髪がざわざわ揺れた。腰が疲れるほどに反動をつけて跳ねあげる。

「うはッ……うム！」

女は絶頂を告げる声を洩らし、しなやかに背中を反らして、二度、三度と躍りあがった。それから、ぐったりと身体を預けてくる。

3

女とはその後も会いつづけた。女は名前も連絡先も教えてくれなかったので、唯一の連絡方法は俺のケータイにかかってくる女からの電話だけだった。

幾度となく寝るたびに、俺は女のことをいやでも知るようになった。女が金持ちの愛人じゃないかという俺の推測は外れていた。女にはちゃんとした亭主がいた。結婚して六年目。ピアスをしたのも、亭主に懇願されて断りきれなかったのだという。

女の旦那はサディストだった。結婚して二年目にエスエムとやらを教えこまれ、二年前から徐々にピアスを入れはじめた。若者向けのポピュラーなピアスでは旦那の自尊心を満たすことはできなかったらしく、神戸《こうべ》にある特殊な宝石を製造している店に頼んだのだという。

俺はそんな話を聞くにつれ、まだ見ぬ亭主にかるい嫉妬と羨望を覚えたものだ。セックス・フレンドのミドリは、俺がピアスを入れたらとほのめかしても、頑として受けつけない。

会って一カ月目に、俺は自分でペニスにピアスを入れた。ピュービスというペニスの付け根にバーベルを貫通させるやつだ。脂汗が出るほどに痛かったが、女の顔を思い浮かべて我慢した。

女はクリトリス・フッドにリングを入れている。だったら、俺が付け根にやればピアス同士がぶつかっていいんじゃないかと思ったからだ。

その夜、或る劇場の照明の設営をやっつけた俺は、いつものように女と歌舞伎町で会ってホテルにしけこんだ。

俺がピュービスをしていることを知って、女は喜んでくれた。ピアスがぶつかるカチャカチャという音を聞きながらの性交で俺たちは一段と燃えあがった。

その後で、俺はずっと抱いていた疑問をぶつけてみた。

「旦那がいるのに、俺とこんなことしてていいのか」

女は少しの間黙っていたが、やがて口を開いた。

「あの人は私のことを自分の付属物としか考えていないのよ」

すぐにどういうことかは、俺にはわからなかった。

「でも、私とあの人とは違うでしょ。趣味だって、物の感じ方だって違うでしょ。それなのに、あの人は私を自分と同じだって思っているの。すべて従わそうとする……あの人、下着売場にまでついてくるのよ。自分の気に入った下着しか許さない……いい加減、息が詰まるわ」

そう言って、女は遠くを見つめた。

男が惚れた女を自分の色に染めようとするのは、男として自然の願望だ。だが女が言うように、下着売場にまでついてくるのは、いささか度が過ぎていると俺は感じた。

「あの人は、これで私のすべてが縛れると思っている。このピアスでね。だから……ときどきピアスがうとましくなるときがあるわ」

女は乳首のピアスに視線を落とした。俺はちょっと考えてから言った。

「……なるほど。俺と寝るのは、思いあがった亭主への反抗ってわけか」

女は押し黙っていた。それから、顔をあげた。

「正直に言うわ。怒らないでね。私、あなたとこうすることで、あの人に悪いなって思うのよ。だから、だから、あの人の無理を聞くことができる」

そうか、俺と不倫をすることで、女は亭主に負い目をおう。その後ろめたい気持ちがバネになって、この女は亭主の奴隷に甘んじていられるわけだ。俺は男と女の機微に触れて、少しだけ大人になった気がした。

「亭主と別れる気持ちはないんだろ？」

「……えェ、ごめんなさい。ただ、ときどき私はこの人についていけないなと思うことがある。それはたしかなの」

俺はその亭主のことを想像しようとしてやめた。そんなことはどうでもいいことだ。どうせ、俺にはこの女を引き受けていくだけの度胸も器量もないのだ。週に一回、まだ名前さえ知らない女と寝る。女は俺と同じボディ・ピアスの趣味を持ついい女だ。それだけで俺は満足すべきなのだ。

俺と寝ることで、この女は亭主と上手くやっていける。とんだお助けマンだが、そのことで女への興味が覚めてしまうとかはなかった。俺はこういうことに関しては、いたって合理主義者だった。

4

クリスマスイブの一日前に、俺は女と会った。膝上二十センチの超ミニをはいた女は、ジュラルミンのケースを大事そうに抱えていた。待ち合わせてバーへの階段を昇るとき、俺は鈴が転がるような乾いた音を聞いた気がした。

「何か、音がしない？」

「教えてあげようか」

女は耳元で囁《ささや》くと、階段の途中の踊り場でスカートをまくった。女は太腿までのストッキングをガーターベルトで吊っていたが、パンティははいていなかった。露《あらわ》になった股間に二個の金の鈴が吊るされていた。インナー・ラビアのピアスにそれは付いていた。歩くとこの二つの鈴がぶつかり、涼しげな音をたてていたのだ。

「ここまで、これで来たのか？」

「ええ。いつもパンティは付けないのよ」

それは知っていた。下着を付けるとリングが押しつけられて痛いらしいのだ。

「それに……今夜はわざと電車で来たわ。駅の階段を昇るたびに、ヒヤヒヤした」

俺はそのシーンを想像して興奮した。

「ちょっと、来いよ」

女の腕を引いてフロアの奥にあるトイレに連れ込んだ。

女をトイレの壁に押しつけ、しゃがんで股ぐらの鈴をいじった。するとそれは「カラ、コロ」と小気味いい音をたてた。

たまらなくなって俺は女の片足を持ちあげた。たいした愛撫もしていないのに、女の秘苑は濡れていた。立ちマンでディックをねじこんだ。

女は後頭部を壁に押しつけて、俺にしがみついてきた。粘りつく肉路をこじ開けるようにして、突きあげた。だが、下腹部が密着してしまうせいか、あまり音はしない。女を後ろ向きにさせて、壁に手を突かせた。腰を後ろに突き出させておいて、バックから押し入った。

やはり、正解だった。背伸ばしのストレッチをするような格好の女を、バックから突くと、何かの拍子に鈴が乾いた音をたてた。

俺は黒のワンピースの上からニップル・ピアス付きの乳房をまさぐった。女はもちろんノーブラだった。猛烈にディックを叩きこむうちに、女は哀切に呻いてガクガクと身体を震わせた。イッたのだ。

その後で行ったラブホで、女は大事そうに抱えていたジュラルミンのケースを開いた。

なかには小物が性格そのものに几帳面に詰めこまれていた。ネックレス、イヤリング、ブレスレット……二人で集めたそれらの装身具は女と亭主の秘密の小函《こばこ》だった。

正直、俺がそんな二人の濃い関係に羨望を覚えなかったと言ったら嘘になる。だが、俺は他人と濃い関係になるのがいやだった。俺がピアスをしているのも自分のためだ。たぶんナルシストなのだ。だがそういうことを言ったら、今ボディ・ピアスをやってる奴のほとんどはナルちゃんだ。元来、男のほうが女より美しかった。それは動物を見ればわかることだ。俺たちは人という進化した哺乳類を正常に戻したいだけだ。

その夜、女は妙にはしゃいでいた。「クリスマスプレゼントよ」と言って、自分から進んで秘密をさらけだしてくれた。

クリスマス用の蠟燭《ろうそく》を立てた女は、スーツを脱いで下着姿になってベッドに腰かけた。

黒のガーターベルトで吊られたストッキングのストレッチ部分には、丸ゴムが縫いつけられていた。その黒いゴム紐にはひとつずつ金属のフックが付いている。女はそのフックをつかんでゴム紐を伸ばすと、フックを大陰唇に食い込んでいるリングに引っかけた。

「これは私が考えたの。こうすると、蝶が羽を開いているみたいでしょ」

女は婉然とした笑みを浮かべ、ストリッパーのように足を開いた。足の角度がひろがるにつれてゴム紐が伸び、そこと繫《つな》がった大陰唇が左右にめくれていく。

思わず生唾を飲み込んだ。俺にはそれは蝶というよりも、むしろ赤エイが大きなヒレを開いて水中を泳いでいるときのようにも見えた。

濃いピンクにぬめる妖しい肉襞が急角度に引っ張られ、ヤッコ凧みたいにも見える。いずれにしろ、それは俺がこれまで見たことのない不思議な景色だった。

それは女性器であって女性器でない。次元を超越した官能的なオブジェだった。

俺の様子を眺めていた女は、今度はシルバーの重そうなブレスレットのチェーンを小函から取り出した。それを、小陰唇に付いている片方三カ所の十六ゲージリングのいちばん上のリングに通した。それから、鎖の片方をストッキングの上端のゴムに繋いだ。

同じようにして、真ん中のリングにも金鎖を通し、太腿のゴムと結びあわせた。左右合わせて四本の金鎖がゆるやかな曲線を描き、剝きだしのラビアから垂れ下がった。

「これをつけてくださる？」

女は耳たぶにしていたゴールドのハート形イヤリングを外して、差し出した。

俺はハート形のイヤリングを、ラビアの一番下に付いているリングに通した。

なんだかクリスマスツリーを飾っている気分だ。ずいぶんとエロチックなツリーだが。完全に露呈した薄紅色の膣口はぱっくりと口を開けていた。俺のディックは天を突き、すぐにでも入れたくなる。

「まだ、駄目よ。もう少し、楽しんでから」

女は勇み立つ俺をたしなめて、焦らすように足を開いた。一杯に足をひろげ、オマ×コを剝き出しにすると、指をそこに伸ばした。

マニュキアされた指がスリットに沿って躍った。

俺は女にオナニーさせるのが好きだが、こういうのは初めてだ。にじみでた粘液が金のピアスを包み、その光沢感がバイクのタンクに油を塗り込めたようでたまらなくフェティッシュだ。

宝石で飾られた淫靡なオブジェを白い指がまさぐり、やがて石榴《ざくろ》みたいな肉の塊のなかへとねじこまれた。

女は媚《こび》を含んだ目で俺を見ながら、指を秘裂に出し入れする。ネチャ、ネチャと淫靡な音が響き、小陰唇から垂れた金鎖がゆっくりと揺れている。

もっとよく見ようとして、俺は側に立ててあった蠟燭を近づけた。

蠟燭のユラユラした炎に浮かびあがった卑猥な光景に、俺はくらくらきた。そのとき、蠟燭が傾いていたのだろう、溜まっていた溶けた蠟が女の秘苑に落下した。

「あっッ！」

女が悲鳴とともに歯を食いしばった。朱い蠟の涙が、クリットの包皮を貫くリングのあたりに落ちて、肉の潤みへと伝っていく。

俺は偶然が生んだ産物に夢中になった。アメーバーみたいに形を変える蠟涙は、ブレスレットやハート形のイヤリングに落下して急速に冷えて固まっていく。その上から、次々と蠟の雫《しずく》が降りそそぐ。

女が踵で絨毯を蹴り、鼠蹊部《そけいぶ》を痙攣させた。

その熱さを忘れようとでもするように、女の指づかいが激しさを増した。右手に蠟涙が落ちるのもかまわずに、そぼ濡れるクレヴァスを掻きむしり、左手で乳房を荒々しく揉みしだく。

やはり、この女はマゾなんだろう。サドの亭主がいやだと言っているが、内心ではマゾの悦びを満喫しているのに違いないのだ。

充実した女の太腿が開いたり、閉じたりして、それにつれて引っ張られた大陰唇が、海中を泳ぐマンタみたいに揺れ動いた。

俺が今目にしているものは、女のオマ×コなんて生易しいものじゃなかった。それは、シュルレアリストの創り出した奇怪でエロチックなオブジェだった。

「あゥゥ、見ないで、いやよ。恥ずかしい……駄目ッ、イッちゃう、あァ、いやッ」

蠟涙が降り注いでいるのに、女はどんどん高まっていく。

置いていかれるのはいやだった。蠟燭を置いて、女をベッドに上げた。四つん這いにさせて、ヒップを突き出させる。

ところどころ赤く染まった尻たぶの狭間から、チェーンとハート形のイヤリングがぶら下がっているのが見える。ラビアはブレスレットの重みで三センチ程も垂れさがり、ちぎれてしまいそうだ。

サディスティックな気分になって、俺はデイックをねじこんだ。

バス、バスッと打ちつける。すると、切れた電線のように垂れさがった四本のチェーンが揺れて、俺の睾丸にあたった。睾丸を鞭打たれる喜悦に舞いあがり、俺はますます強く打ち込んだ。

「やっぱり、マゾなんだよな。あんたは……こういうのがいいんだよな」

「違うわ。私はマゾなんかじゃない……違うわ、ああ」

女は言葉とは裏腹に、すすり泣き、狂ったように顔を激しく上げ下げする。

俺は後ろから抱え込むようにして、下を向いた乳房を鷲つかんだ。星形のピアスとともに先っぽをいじくりまわした。

馬蹄形に指を入れて、チョン、チョン引いたりする。そのたびに、女は華やいだ声をあげて、腰をくねらせた。

最高だと思った。なんだかこれが現実ではないようだった。ピアスマニアの俺の前に、夢にでも出てきそうな最高のピアス女が現れた。そして、女はクリスマスプレゼントに極限まで飾りたてられた女体を提供してくれている。

俺は至福に酔いしれながら、女体をいじり、突いた。深々とえぐりたてると、女もこれまでに聞いたことのないような差し迫った喘ぎを洩らして、獣みたいに身体を動かした。

できることなら、いつまでもこの瞬間に酔っていたかった。だが、どんな幸福でも終わりは来るものだ。

やがて女の身体が瘧《おこり》にかかったように震えだした。「イク、イク、イクッ」と喘いで、顔をのけぞらせた。

「イケよっ、このビッチが！」

叫びながら、下腹部を突き出した。粘着質の肉襞が収縮したかと思うと、女は生臭い声を洩らして昇りつめた。俺も女にのしかかるようにして、欲望の塊を子宮めがけて爆発させた。

5

女が俺の前から姿を消したのは、それから三カ月後だった。俺のケータイへの連絡が完全に途絶え、どこを探しても女の姿は影も形もなかった。

俺は彼女の連絡先を聞いておかなかったことを悔やんだが、後の祭りだった。女がプッツリと消息を絶ってから、俺は彼女に、いや、正確に言えばあの蠱惑《こわく》的なピアスに恋していた自分に気づいた。

人はなくして初めて、それの大切さを知るというが、このケースがまさにそれだった。エキゾチックな美貌と宝石と言っていいボディ・ピアスで見事な裸身を飾りたてた夢の女は、まずこれからの俺の人生でも出会うことはないだろう。

ミドリの恥毛を剃ってみたりしたが、ミドリの貧弱なラビアには、とてもピアスを入れる気にはならなかった。

その間に、俺はつまらない照明の仕事をしながら、ペニスにアンパラングを入れた。亀頭部をバーベルで真横に貫くやつで、最高に痛いと言われている。途中でめげそうになるのを、女の顔を思い浮かべることで耐え、二時間かかって一人でアンパラングをやり遂げた。

尿道を損傷したらしく、しばらくはショウベンが飛び散って困ったが、人間の回復力ってやつはすごいもので、一カ月ほどでそれも治った。

ほとんど諦めていた俺の前に、女が姿を現したのは、秋風が吹きはじめた頃だった。新宿の街を歩いていたとき、偶然、女に会った。女はショーウインドーを覗いていたが、俺を発見して不思議な表情をした。ラブホに誘うと、女はついてきた。

「どうしちゃったんだよ」

ベッドの上で、俺は聞いた。

「ごめんなさい。ちょっとしたことがあったものだから」

女は以前より窶《やつ》れていたが、その分、しっとりとした女の色気にあふれていた。病的なものは何でもエロチックである。女は少したためらってから、口を開いた。

「亡くなったのよ、あの人」

俺は信じられなくて、聞きなおした。女はポツリ、ポツリと話しはじめた。女の亭主は今年の春、交通事故でこの世を去った。ほとんど即死状態の悲惨な事故だったという。

「それから、どうしていいかわからなくなってしまって」

女の身体から生気が消え失せていた。俺は改めて、この女にとって「あの人」が占めていた役割の大きさを思い知った。口ではついていけないなんて言いながらも、やはり、この女の生活を支配していたのは亭主だったのだ。

「でも、もういいのよ。くよくよしていても始まらない。そうでしょ?」

女は亡夫への思いを断ち切るように言うと、こちらが戸惑うほど大胆に身体を開いた。

「恥ずかしいわ。濡れてるでしょ……あれから、していなかったから」

女は喘ぐような息づかいで、抱きついてきた。股間をまさぐった。愕然とした。リングの数が増えていた。見るとラビアを埋め尽くさんばかりに、ゴールドのピアスが並んでいた。数えると、一対に五個、左右合わせて十個のリングがインナー・ラビアを噛んでいた。

「どうしたんだ?」

「……自分で入れたのよ」

女は言った。悲しそうだった。

俺は、女がひとりで亡夫のことを偲《しの》びながら、ラビアにニードルを突き刺す光景を想い浮かべてショックを受けた。だが、それはこの後に続く発見に較《くら》べれば、大したことではなかった。

真ん中のリングを左右繋ぎあわせる形で、ちょうどセックスを禁じる錠のような形で、ペンダントのようなものが吊りさがっていた。

その先には、両端が膨らんだ数センチの細く白い陶器のような棒状の物体がぶら下がっていた。

「何だよ、これは？」

俺は不用意にも聞いてしまった。今思えば、そんなことは聞くべきではなかったのだ。

「ふふッ、何だと思う？」

女は婉然と微笑んだ。

「わからないよ、降参だ。教えてくれよ」

「骨よ。あの人の骨……」

「骨……？」

「そうよ。あの人が火葬場で焼かれて、白いグズグズの骨だけになって出てきたとき、私はそれが欲しいと思ったの。もっと正確に言うと、私はあの人の骨を食べたくなった。ほんとうよ。だって、とっても美味しそうだったもの。さすがに、食べるのはよしたけど」

俺は唖然として、女の顔を見た。女の顔はなぜか安逸に満ちていた。

「親戚が骨を拾って、骨壺に入れるでしょ。私の子供も、不器用な箸づかいで骨を拾ってたわ」

その言葉で初めて俺は、この女に子供がいることを知った。

「私、どうしたと思う？」

俺は首を横に振った。

「選んでたのよ。なるべく、形の崩れていない骨をね……自分では気づかなかったけど、あの時から、この人と一緒にいたいと思ってたのね。たぶん」

女はそう言って、太腿の間の白い骨を細い指腹でなぞった。

「これは、指の骨よ。きれいに残ってるでしょ。あの人が形見に残しておいてくれたのね。俺を忘れるなって……どう、触ってみる」

女に導かれるままに、俺は骨のペンダントに触れた。高熱で焼かれてもなお強い生命力で生き残った残骸は、化石みたいに硬かった。

「外していいわよ……ねえ、外して、外してよ。このままじゃ、私、おかしくなってしまう」

女は狂気を含んだ目で、俺をすがるように見た。

「……いいのか？」

聞くと、女は小さく頷いた。

俺は円管を開いて、骨のペンダントを外した。その途端に、縫い付けられていた瞼《まぶた》が開くように、左右の花弁がゆっくりとひろがった。

◎本作品は『倒錯の淫夢』（二〇〇二年・河出書房新社刊）を大幅に加筆・修正したものです。

## ◉新人作品**大募集**◉

マドンナメイト編集部では、意欲あふれる新人作品を常時募集しております。採用された作品は、本人通知のうえ当文庫より出版されることになります。

**【応募要項】** 未発表作品に限る。四〇〇字詰原稿用紙換算で三〇〇枚以上四〇〇枚以内。必ず梗概をお書き添えのうえ、名前・住所・電話番号を明記してお送り下さい。なお、採否にかかわらず原稿は返却いたしません。また、電話でのお問い合せはご遠慮下さい。

**【送付先】** 〒一〇一‐八四〇五 東京都千代田区神田三崎町二‐一八‐一一 マドンナ社編集部 新人作品募集係

# 倒錯《とうさく》の淫夢《いんむ》 あるいは黒《くろ》い誘惑《ゆうわく》

二〇二一年 四月 十日 初版発行

発行◉マドンナ社

発売◉二見書房

東京都千代田区神田三崎町二‐一八‐一一
電話 〇三‐三五一五‐二三一一（代表）
郵便振替 〇〇一七〇‐四‐二六三九

著者◉北原童夢【きたはら・どうむ】

印刷◉株式会社堀内印刷所 製本◉株式会社村上製本所 落丁・乱丁本はお取替えいたします。定価は、カバーに表示してあります。

ISBN978-4-576-21036-0◉Printed in Japan◉

オトナの文庫 マドンナメイト